不敗の名将バルカの完璧国家攻略チャート1

てやる

高橋祐一

HJ文庫
1079

口絵・本文イラスト　つなかわ

Undefeated Master
General Barca's
Vision of the
Perfect National Strategy

CONTENTS

プロローグ

空に大きく突き出した砂岩を削るように、突風が吹き荒れていた。

カルケド王国北部の山岳地帯である。王都を守る要衝であるこの地において、バルカ率いるカルケド軍は、侵略者であるラコニア帝国軍と対峙していた。

「バ、バルカ将軍。本当に、大丈夫なんでしょうか」

ウルリカは声を震わせた。水色のショートカットの髪が特徴的な、まだ少女のあどけなさが残る女性士官である。体格も小柄で、カルケド正規軍の制服に身を包んでいなければ、とても軍人には見えないだろう。実務能力や判断力を買われてバルカの副官に抜擢されたが、パン屋の下働きの少女と言われた方がしっくりくる。

砂混じりの強風に焦茶色の髪を揺らして、バルカは静かに笑った。ウルリカとは違った意味で、軍人らしくない男である。優しげな目元といい、整った鼻すじといい、秀麗といってよい風貌だが、唇に浮かんだ不敵な笑みが、見る者に軽薄そうな印象を与えている。

年齢は、ウルリカと同じ十八。カルケドで最年少の将軍であり、半年前に赴任したばかりのこの男は、だが、王国軍の最高司令官という立場にあり、しかも『不敗の名将』の異名で知られている。

「ああ、大丈夫だ。心配するな」

味方は二千。敵は五千。

おまけに味方は、逃げ場のない隘路に追い詰められている。普通なら、全滅は必至の局面だ。

だが、バルカには必勝の奇策があるようだった。

これまで幾度となく敵を討ち果たしてきたバルカを、ウルリカは全面的に信頼している。

信頼してはいるが……。

「俺に任せておけば、万事問題ない。俺が戦場の女神に愛されていることは、知ってるだろ？」

「初耳ですが？」

黄玉色の瞳に疑惑の色を浮かべるウルリカに、バルカは肩をすくめた。

「知らなかったか？　天上の女神たちは、ことごとく俺に惚れてるんだぜ？」

「地上の女性たちに見向きもされなくなって、ついに現実逃避ですか」

「おいおい何言ってんだ。この戦いが終わったら、美の女神から貧しい羊飼いの娘まで、

麗しの乙女たちがこぞって俺に求愛するさ」

自信たっぷりに紅い瞳を輝かせ、バルカは前を向いた。

もう、これさえなければ。そうウルリカは思う。この軽口さえなければ……。

「まあ、見てなって」

四人の部隊長に指示を出し、バルカは兵をゆっくりと後退させた。帝国軍から、雄叫びの声が上がった。それを合図に、敵は一斉に突撃を開始する。勝ちを確信し、こちらに攻撃を仕掛けてきたのだ。

「よっしゃあ、つられた！」

バルカは歓喜の声を上げた。異変が起こったのは、それとほぼ同時だった。

高く突き出した砂岩の山から、巨大な岩石が次々と帝国軍の頭上へ転がり落ちてきたのだ。

逃げる間もない。不幸にもその真下にいた帝国兵たちは、下敷きとなり、一瞬で絶命した。からくも生き残った者たちも、恐慌状態に陥って逃げ惑った。

むろん、自然に起こることではない。バルカはあらかじめ山上に兵を伏せ、帝国軍が通りかかるのを見計らい、てこの原理を応用した落石装置を作動させたのだ。

「今だ！　弓兵部隊、一斉射撃を！」

すかさず発せられたバルカの号令で、矢の雨が、禍々しい弓弦の音を伴って帝国軍に降り注ぐ。一方的な戦いになった。狭い崖道では、退却も前進もままならない。身動きのとれない帝国兵たちは、バルカ率いるカルケド軍に太刀打ちできず、矢に射られ、槍に貫かれ、逃げるうちに足を踏み外して深い谷底へと落ちていく。鮮血が砂埃と混じって真紅の霧となり、悲鳴と叫喚が灰褐色の岩壁に容赦なく叩きつけられた。

日が暮れる頃には戦いは終わっていた。帝国軍の死者は一千五百。ほぼ同数の兵士がカルケド軍の捕虜となった。一方、カルケド軍の犠牲者はわずかに四人。敵の司令官こそ取り逃がしたが、文字通りの完勝であった。

「凄い……凄すぎる……」

かつて大陸諸国に名を轟かせた『伝説の軍師』ヒラムでさえ、ここまで鮮やかに勝利を得ることはなかっただろう。驚きのあまり言葉もないウルリカに、バルカは胸を張った。

「どうだ、見事な奇策で華麗に敵軍を撃破する俺に惚れただろ？」

「いえ、そういうのはないですけど」

「何で？　俺に抱かれたいと思わなかった？」

「公私混同していると、セクハラで訴えますよ⁉」

味方の負傷者の記録を取り、捕虜を整列させながら、ウルリカは上官の軽口に素っ気ない言葉を返した。

「あと、そんな策があることをどうして副官のあたしに話しておかなかったんですか？」

「い、いや……サプライズがあった方が俺の知略に感激するかと思って」

「……」

副官の冷たい眼差しを受けて、バルカの額に冷や汗が浮かんだ。

「吊り橋効果っていうの？　ほら、絶体絶命のピンチを演出した方が、より一体感が生まれて、お前が俺に惚れるかなって」

「止めて下さいね、そういうの」

「だ……駄目……？」

「駄目に決まっています！」

ぴしゃりと、ウルリカは若い上官をたしなめた。

「いったい何考えてるんですか！　いつもいつも、あなたはそうやってふざけてばかり……」

「おかしいな……」

焦茶色の髪を揺すって、バルカは首をかしげた。

「俺は若くして王国軍の最高司令官に抜擢された、常勝不敗の天才将軍だ。顔だって、悪くない。むしろイケメンだ。女の子からは、モテてモテて仕方がないはず。なのにどうして……」

ウルリカは深々と溜息を吐いた。

「この際だから言っておきます。将軍としてのあなたのことは尊敬していますが――」

金色の瞳を鋭くバルカに向け、キッと睨みつける。

「あなたのそういう軽薄なところは、大ッッッ嫌いです!!」

そう言って、バルカの副官は踵を返し、部下に指示を出すためにどこかへ歩いていった。

一人取り残されたバルカは愕然として、赤く染まった夕暮れの空に向かって叫んだ。

「何でだ!?　どうして俺はこんなにモテないんだああ!?」

心からの声に、だが、吹き荒れる砂塵は何も答えなかった。

「バルカ将軍……本当にすごい人だわ」

敬愛する上官に背を向けながら、ウルリカは呟いた。

どんな難局でも、誰も思いつかないような奇策で、涼しい顔で切り抜ける。誰よりも賢く、誰よりも強く、誰よりも頼もしい。天下無双の英雄といっていいこの男に、だが、あえて彼女はそっけない態度を取り続けている。

「バルカ将軍には、もう少し、将軍としての風格を備えていただかなければ」

甘やかしてはいけない。つけあがらせてはいけない。彼に欠けているものはただ一つ、人格だ。あのお調子者な性格さえ何とかすることができたなら、バルカは『伝説の軍師』ヒラムを凌ぐほどの名将になれるだろう。

「だから、バルカ将軍が、ど、どんなに素敵な方でも、あたしは絶対に馴れ合ったりしませんから！」

頬をほんのりと赤らめながら、ウルリカは自分に誓った。

それが副官としての自分の務めだと、彼女は信じているのだった。

第一章

1

帝国軍を立て続けに撃破したバルカは、意気揚々と王都に凱旋した。

国名と同じ名前を戴く王都カルケドは、海洋貿易で栄える交易都市で、四百年の歴史を誇る。小国の都ながら活気に溢れ、港では船乗りの威勢のいい声が響き渡る。宮殿へと通じる大通りにはカラフルなとんがり屋根の商店が建ち並び、三十ヶ国語が飛び交う市場には世界中の珍しい商品が並ぶ。

「不敗の名将、天才軍師ヒラムの再来、天下無双の英雄バルカ！」

「常勝将軍バルカ万歳！　カルケド王家万歳！」

民衆の歓呼の声に、バルカは迎え入れられた。天才軍師ヒラムといえば、かつてカルケドを滅亡の危機から救った伝説的な英傑である。バルカは、その英傑に匹敵する稀代の名将であると認められたわけだ。

副官のウルリカを伴い、彼は、王家の住まいである聖メルカルト宮を訪問した。

半ば海に突き出した形で建てられたその王宮は、別名を『水の宮』という。円や球を基調とした美しいデザインは、おとぎ話に出てくる海の妖精の宮殿を思わせる。高くそびえる尖塔は荘厳にして繊細、緑豊かな庭園は初夏になるとハマヒルガオが一斉に可憐な花を咲かせることで有名だ。

バルカが訪れたのは、政治書や地理書がずらりと並んだ執務室だった。そこで二人を出迎えたのは、そのハマヒルガオの花にも似た薄桃色の髪を腰まで伸ばした少女だ。聡明そうな浅緑色の瞳は自信に満ち、華やかな美貌は瑞々しい精彩に溢れている。物腰は柔らかく、優美で、だが隙がない。赤い刺繍の入った青いドレスを着こなすその気品は、彼女が生まれながらの王族であることを感じさせる。

カルケド王国の王女シビーユ、年齢は十七である。

「ようこそ来てくれました、お二人とも」

慈愛に満ちた表情で、シビーユが口を開く。市民たちが『カルケドの至宝』と呼ぶ、玉のように美しい声だった。

「見事です、バルカ将軍。あなたは七度にわたる会戦すべてで敵の攻撃を退け、我が国の併合などという帝国軍の邪悪かつ愚かしい野望を打ち砕いてくれました」

向けられた賞賛の声に、バルカは膝をついてうやうやしく一礼した。副官のウルリカもそれに倣う。

「王女殿下のご威光をもちまして」

「世辞は不要です。帝国軍の強大にして精強なこと、巨龍のごとき勢いがありました。我がカルケド王国は、まさに存亡の危機にありました。ですが心配は不要でした。さすがは『不敗の名将』ですね」

「それこそ世辞というものです、殿下。私はただ、私を起用して下さった殿下のご恩に報いたまでのこと」

かしこまった態度で、バルカは主君への感謝を述べた。シビーユは、王女らしく優雅な仕草で微笑んだ。

「褒美を与えないといけませんね。何か、望むものはありますか？」

「俺は地位も名誉も金もいりません」

バルカは顔を上げた。引き締まった表情で、紅い瞳を輝かせる。

「俺が望むものは、ただ一つ。ただ、王女殿下が俺のほっぺにキスをしてくれれば——い

ただだだ、耳、耳なにすんの⁉」

突如として、バルカは間の抜けた悲鳴を上げた。つかつかと彼に近寄った王女が、彼の

耳を遠慮なく引っ張ったのである。

「調子に乗らないの、バルカ」

シビーユの口調は、くだけたものになっていた。

「ええー、いいじゃん、そのくらい」

それにつられるように、バルカも堅苦しい社交辞令の仮面を取り払った。

「俺とお前の仲じゃん。駄目？」

「駄目よ。当たり前でしょう」

「ええと、バルカ将軍？　王女殿下？　これは一体……」

突然のフランクなやりとりに驚き、あっけにとられたのは、ウルリカだった。

「あれ、バルカから聞いてなかったの？」

きょとんとして、シビーユは膝をついたままのウルリカを見下ろした。

「私とバルカは、幼馴染みなの」

二人が出会ったのは、彼と彼女が八歳と七歳のときだった。

バルカは平民出身だが、父親が王女付きの侍従武官に昇進したことからシビーユと知り合い、幼い彼女の遊び相手になったのだ。

父の死後、バルカはその後を継ぐように自らも武官候補生となり、十七歳で父と同じ役職に就任した。そして王女の命により、今回の戦役でカルケド軍の指揮を執ったのである。

「あなたと出会って、もう十年にもなるのね。よくもまあ、飽きもせずこんな軽薄野郎と顔を合わせ続けられたものだわ。自分の忍耐強さに、つくづく感心するわ」

「またまたあ。本当は俺にベタ惚れのくせに」

「そうね。大好きよ、バルカ♪」

ストレートなシビーユの物言いに、不意を突かれたバルカは、げほげほと咳き込んだ。

「この人たらしめ……」

大方、誰にでも言っているのだろう。理解はしていても、美しい王女にそう言われて、悪い心地はしないバルカであった。

「本心よ。世間はあなたを『不敗の名将』とか『伝説の軍師ヒラムの再来』と呼ぶけれど、私はあなたがそんな陳腐な言葉に収まらない器の持ち主だって、ちゃんと知っているわ。そんなあなたの才能を、私は誰よりも好ましく思っているの」

「そりゃどうも」

バルカが呟くと、シビーユは両手を合わせ、上目遣いにバルカを見やった。

「で、そんな素敵でイケメンな救国の英雄さんに、お願いがあるんだけど……」

ほらきた、とバルカは思った。シビーユが誰かを持ち上げるときは、たいてい何か無茶な頼み事をするときなのだ。

「帝国軍の、イトリア砦を攻略してほしいの」

「イトリア砦を……!?」

カルケド侵攻の前線基地となった砦である。開戦前に急遽作られた要塞だが、帝国流の最新の築城術を反映しており、容易に落とせるものではない。

「どうして、こちらから逆侵攻する必要がある？　こんだけコテンパンにやられたんだ、帝国軍ももう懲りただろ。ここは有利な条件で和議を結ぶ時なんじゃないのか？」

「駄目ね。あの砦がある限り、帝国軍はいつでもカルケドに侵攻できるわ。砦を占拠するか、破壊するかしないと」

「うーん、確かに」

帝国軍は、バルカに七度の会戦で敗北したとはいえ、元々国力ではカルケドよりも圧倒的に上だ。カルケド攻略の足がかりとなる砦がある限り、まだ安心はできない。

「……で、俺にやれと？」

「あなた以外に誰がいるの、救国の英雄さん」

「気が進まねえなあ」

肩をすくめ、バルカはすげなく断った。

「俺は好きで将軍やってるわけじゃないんだ。お前だってそれは知ってるだろ?」

カルケドの全軍を率いて、侵略者であるラコニア帝国軍に対抗する。重大な、だが名誉あるその任務に、将軍たちは誰も名乗りを上げなかった。

当然だ。圧倒的な戦力の帝国軍を相手に勝てるとは思えない。よほど自分の才覚に自信のある者でないと、そんな無謀な役目を背負うことはできなかった。

おまけに、名のある将軍たちは、とある理由で国王に随伴して国を離れている。カルケドに残っていたのは、大軍を率いた経験のない、中級以下の指揮官だけだった。

そこでシビーユが目をつけたのが、侍従武官のバルカである。渋る彼を、シビーユは「侵略者の魔の手から国を救えば、女の子からモテモテよ?」と唆した。お調子者のバルカは、ノコノコとその口車に乗った。

一介の侍従武官から王国軍最高司令官に大抜擢されたバルカを、人々は嘲笑った。

「姫様の気まぐれにも困ったものだ。ご自分の幼馴染みを司令官に登用するとは」

「何の実績もない、ただの平民だろう? あんな若造に、何ができるものか」

「カルケドはもうお終いだ。さっさと帝国に降伏する準備でもするか」

だがそんな声をよそに、バルカは戦いの準備を整え、必勝の策をこしらえて、帝国軍を立て続けに打ち破ったのだ。敵も味方も、誰も予想していなかっただろう――ただ一人、シビーユを除いては。

「俺はもう十分、名声を得た。だからもう若隠居したい。今なら、街の女の子たちもチヤホヤしてくれるだろうし」

バルカは得意げに胸を反らした。

「お前も知ってるだろ？ かわいい女の子にモテることだけが、俺の生きがいだからな！」

「ふうん」

挑戦的な目つきで、シビーユはバルカに顔を近づけ、そしてこう言った。

「バルカは……私と結婚したくないの？」

それは奇襲戦を得意とするバルカでも対処できないくらい、見事な不意打ちだった。

「……な、何だと？」

「帝国軍から祖国を守った英雄。王女の結婚相手として、申し分のない実績よね。イトリア砦を攻略することで帝国の野望を挫くことができれば、多くの人は納得すると思うわ」

「いや、でも……平民だぜ、俺」

現国王の子どもは、シビーユしかいない。シビーユの夫となった者は、次期国王の最有力候補となるのである。貴族たちがおいそれと了解するはずがない。

「すぐにでも適当な爵位を与えるわ。誰にも文句は言わせない。帝国軍襲来の報にガタガタと震えて引っ込んでた臆病者どもに、文句を言う権利などあるものですか」

シビーユは言い放ち、再度、バルカに提案した。

「見事、イトリア砦を攻略してくれれば、あなたとの結婚を考えてもいいんだけどなー」

「け、結婚……？　バルカ将軍と王女殿下が……？」

ウルリカが呆然として、バルカとシビーユに交互に顔を向けている。どうやら話の展開についていけていない様子である。

「どう？」

ニコニコと問いかけるシビーユ。

「そ、そりゃ、お前くらい美人でかわいいコ相手なら、今すぐ結婚したいと思うけど……」

「え、何？　もっかい言って？」

バルカが口ごもると、シビーユはわざとらしく耳をそばだてた。

「お前くらい超絶美人で笑顔も怒った顔もかわいくてスタイルも抜群で愛嬌も色気もあって頭がよくて話も面白い女なら、今すぐにでも結婚したい！　これで満足か⁉」

「でしょ？　バルカならそう言うと思ったわ。決まりね♪」

「おまっ、自分がかわいいのをいいことに、俺を意のままに操るつもりか！」

「駄目？」

瞳を潤ませ、上目遣いで訊ねてくるシビーユに、バルカは矛を収めるしかなかった。

「いいや。そういう小狡いところもカワイイネ、シビーユちゃん……」

実際、シビーユはとてもかわいい。自分の魅力を自覚し、それを武器として利用しているあたりは確かにあざといが、存亡の危機に瀕した弱小国家を切り盛りするためと思えば、何とも健気ではないか。

バルカが最高司令官職を引き受けたのも、この笑顔で迫られて断れなかったからだ。

「それに、断るなら、あなたの首を帝国軍に差し出すけど？」

「はあっ!?」

涼しい顔で言うシビーユに、バルカはひっくり返った。

「当然でしょ。あなた一人に何度もコケにされて、このままでは帝国のメンツが立たないわ。帝国軍の侵攻を全部退けたとはいえ、こちらの国力が限界に近いことだって、帝国は全部分かってる。こちらから和睦を申し入れるなら、必ず奴らはあなたの首を要求するわ」

バルカの顔面は蒼白になった。

「それは困る！　死んだら女の子たちとイチャイチャできないじゃん！」

「そう。だから、イトリア砦の攻略が不可欠なの。奴らの野望を完膚なきまでに叩き潰して、有利な条件で和睦するためにね」

結局、愛しの（?）シビーユにお願いされた時点で、結論は決まっていたのだ。それに侵略者から祖国を守りたいのは、バルカも同じである。国が滅びると、大勢の女の子たちが泣く。それは嫌だ。

「分かった。やってやろうじゃないか！　だけど今回が最後だぞ！」

「それでこそ私のバルカよ♪」

上機嫌でシビーユは言った。

「二千五百……いえ、三千の兵を用意するわ。見事、イトリア砦を攻略なさい」

「いや、五百で十分だ」

「ご、五百⁉」

今度はバルカがシビーユを驚かせる番だった。

「ああ、精鋭が五百もいれば、あんな砦、たちどころに落としてみせるさ」

自信たっぷりに、バルカは宣言したのだった。

2

バルカとウルリカが退出してしばらくすると、小柄な少女がシビーユの執務室に入ってきた。

年の頃は、十二歳くらい。エメラルド色の長い髪をポニーテールに束ね、くりくりとした丸く大きな胡桃色の瞳は、世界への好奇心に満ち溢れている。純真無垢、元気で溌剌とした印象だが、サイズの大きすぎる文官の長衣を身につけているのが、何ともミスマッチである。

「ふわあ。ボク、寝坊しちゃった」

王女付きの秘書官を務めるエリッサであった。諸国の地理歴史から天文、数学、医学。幼くしてありとあらゆる学問に通じた、バルカとは違ったタイプの天才である。

シビーユはにんまりと笑って、少女に話しかけた。

「ふふっ、うまくいったわ。これで当分、またバルカの奴をこき使うことができるわ」

エリッサは胡桃色の瞳で、ご機嫌な王女の姿を見据えた。

「ねえシビーユ。本当に、バルカと結婚するつもりなの？」

「まっさかあ」

シビーユは大げさに手を振って、銀の縁取りの入った高価な椅子に腰掛けた。メイドが持ってきた紅茶のカップを手に取る。

「バルカは、私みたいなかわいい女の子には目がないの。私が結婚をほのめかしただけで舞い上がって、ノコノコと私の言うことに従ってくれるの。だから、せいぜい都合よく利用させてもらうわ」

「……確かに、ほのめかしただけで『結婚する』とは一言も言ってなかったね」

この幼女は、部屋の外で二人の会話に聞き耳を立てていたのである。

「そうよお。あいつはただの番犬。番犬には餌を与えなきゃ」

そう言って、シビーユは優雅な仕草で紅茶の味を堪能する。

「じゃあ、バルカはボクがもらってもいいんだね？」

「はあっ⁉　な、何を言い出すの⁉」

途端にむせかえるシビーユ。けろっとした顔で、エリッサはまくしたてる。

「頭がよくて、剣も使えて、頼もしくて、軽薄だけど一緒にいて楽しくて、顔もボク好み。バルカのこと、ボクの恋人にしちゃおっと」

「だ、駄目駄目駄目！　だって、えっとその……あんな軽薄野郎を大事なエリッサとくっつけるわけにはいかないわ」

「やっぱりバルカに惚れてるんだね、シビーユ。分かってるよ。バルカに『かわいい』って言われたとき、シビーユってばずいぶんと嬉しそうな反応をしてたものね」

エメラルド色のポニーテールを揺らしてエリッサが指摘すると、シビーユはたじろいだ。

「ふえっ⁉　そ、そんなことないわよ。そりゃあ、私も十七の、花の乙女ですから。『かわいい』って言われたら、嬉しくないわけがないでしょう？　単にそれだけよ。別にバルカに言われたから嬉しかったわけじゃないわ」

「そうかなあ？」

エリッサは意地悪そうな笑みを浮かべた。

「ユグルタ公やメネス公に同じようなこと言われても、シビーユは顔色一つ変えないじゃん。いつもすました顔で、『何を当たり前のことを言ってるの？　私がかわいいのは当然ですけど？』って態度じゃない。さすが褒められ慣れてる人は違うなって思ってたけど」

「ま、まあ、あの脂ぎったおっさんたちに言われても、ねえ」

王国有数の大貴族たちをこきおろして、シビーユは紅茶を飲み干した。

「メネス公はともかく、ユグルタ公は自分のことを素敵な紳士だと思ってるよ」

「あの陰険メガネが？　……って、あのおっさんどものことはどうでもいいのよ」

憮然として、シビーユは手を振った。

「とにかく私は、お父さまに国を任されているんだから。どんな手を使ってでも、この国は守らなければいけないの。だからバルカもこき使う。それだけだから」

シビーユの父、カルケド国王カリュメドン三世。

彼が突然、

「決めた。わしは聖地巡礼に行くぞ」

などと言い出したのは、半年ほど前のことである。

帝国軍の脅威が迫っている、まさにその時であった。

「ちょ、お父さま何言い出すの⁉」

シビーユは耳を疑った。

「帝国軍がいつ侵攻してくるとも知れないのに、国の守りを放り出すの⁉」

大陸西部の多くの国で信仰されている救世福音教の一大聖地といえば、遠い東の国に位置する『聖ウォボスナの丘』である。

巡礼に行くとなれば、帰ってくるまでに一年はかかるだろう。

娘に責められて、国王はむっとした。

「何を言う、人聞きの悪い。わしはかねがね、敬虔な救世福音教徒として、いつかは巡礼に行かねばと思っていた。それを今、実行に移す。それだけのことだ」

「敬虔……？　いつもお参りの最中に居眠りをしているお父さまが……？」

「それに帝国だって、国王が聖地巡礼に行っている国を攻めるなど、そんな卑怯なことはすまい」

シビーユは頭を抱えた。そんな生やさしい相手ではないことくらい、父だって分かっているはずなのに。

「というわけで、国のことは任せたぞ、娘よ！」

そそくさと準備を整えると、廷臣たちをぞろぞろと引き連れて、父王は本当に聖地へと旅立ってしまった。

国政のすべてを、十七歳の娘に任せて。

「本当、どうしようもない父だけど、仕方がないわ。私はどんな手を使ってでも、この国を守る」

そのときシビーユは、そう決意したのである。

あてがなかったわけではない。シビーユ最大の秘策が、バルカの最高司令官抜擢であった。この采配が見事に当たり、劇的な勝利で帝国軍を見事に撃退したというのが、現在のカルケドの状況である。

「だけど、さすがのバルカでも、あの砦を攻略するのは厳しいんじゃないかなあ？　しかも、たった五百の兵で」

そのことについては、シビーユは何ら心配をしていなかった。メイドを呼びつけて、シビーユは紅茶をおかわりする。今日の紅茶は、いつもより美味しく感じられた。

「彼はどんなことだって、必ずやり遂げる男だもの」

「できるわ」

3

「シビーユちゃんは本当に腹黒だなあ。でも、そんなところもカワイイネ」

王都カルケドの兵舎である。バルカはウルリカと二人、兵士用の薄暗い食堂で晩ご飯を食べていた。

本当は、街のしゃれた一流店に誘ったのだ。ワインと高級ハムが美味な店で、大人のデートとしゃれ込みたかったのだ。

だがウルリカが、「なぜあたしが将軍と二人きりで？　理由がありません」などと言い出したので、「兵舎の食堂ならいいだろ？　な？」と、無理やり引き止めたのである。

そのウルリカに、バルカは王女シビーユへの不満、もしくは惚気の言葉を吐いていた。

「本当に性格が悪いよね、シビーユちゃん。でも、そんなところもカワイインダヨネ」

「兵士たちに聞こえるところで、そういうことはあまり言わない方が」

ウルリカがたしなめたが、バルカは一向に気にしない。骨付き肉にむしゃむしゃとかぶりつきながら、彼は言葉を続けた。

「あのかわいさは罪だよ。まんまと俺を罠に嵌めやがって。あんな笑顔で『私と結婚したくないの？』なんて言われたら、断れる男いねえだろうがクソッ」

「バルカ将軍が男の代表者ヅラしないで下さい。他の男性諸氏が迷惑します」

ジト目で睨みながら、ウルリカはパンをスープに浸した。

「ところで将軍。どうして『五百で十分』なんておっしゃったんですか？　王女殿下が『三千人用意する』とおっしゃってるんですから、従っておけばよろしいのでは？」

「分かってないな、ウルリカ」

ワイングラスを片手に、バルカは気障ったらしく言った。

「決まってるだろう。その方が、カッコいいからだ！」

「……」

「いいか、何度も言うが、俺はモテたいんだ。かわいい女の子にモテるために、仕方なく将軍なんぞをやっている。カッコつけなくてどうするんだ」

「格好をつけたばかりに戦場で生命を落とすようなことがあれば、元も子もないと思いますけど」

「その時はその時さ。俺のために泣いてくれる女はたくさんいる」

「呆れる女の方が多いと思いますけど」

「かーっ、どうしてお前はいつもこうなんだ」

「王女殿下って、本当にあなたと結婚する気、あるんですかね？」

ウルリカはドライに指摘した。

「殿下が『結婚』なんて言葉を繰り出したときはあたしも驚きましたけど、どう考えてもあれはあなたを釣るエサです。だって、王女が平民と結婚なんかできるわけがないじゃないですか。そもそも、最高司令官を引き受けたときだって、王女殿下に上手いことおだてられてのことだったんですよね？　あなたは都合よくこき使われているだけですよ」

「お前分かってないな」

芳醇なワインで口元を濡らしながら、バルカはせせら笑った。ちなみにワインは司令官特権で調達した年代ものだが、ウルリカは一滴も口にしようとしない。

「シビーユは口ではああ言ってるけど、本当は俺のことが好きで好きでたまらないんだぜ？　俺がカッコいいところを見せれば、『やっぱり私の結婚相手はバルカしか考えられない！　素敵！　大好き！』ってなるに決まってる」

「本当に豊かな想像力をお持ちで、羨ましいです」

冷めた表情で、ウルリカはパンをむしゃむしゃと口に運ぶ。

「あっ、そうか。俺、分かっちゃった」

「は？　何がです？」

「ウルリカってば、さてはシビーユに俺のことを取られると思って、妬いちゃったんだな？　心配するな、俺は結婚と恋愛はちゃんと分けて考えられる男さ。ウルリカが『抱いて』って言うなら、いつでも抱いてあげるよ」

ぱあっと手を広げて、ウルリカにアピール。だが、バルカの人格矯正を自らの任務と信じる彼の副官は、冷ややかな目でそれに応えた。

「将軍と副官がそんな関係になったらまずいと思いますけど、常識的に考えて」

ド正論である。すげない態度に、バルカは溜息を吐いた。

「まったく、お前ときたら……。そんなだから、かわいいのに彼氏いないんだぜ？」

「彼氏なんていりません！」

勢いよく、ウルリカはテーブルを叩いた。

「あたしはラコニア帝国に両親を殺されました。帝国から命からがら逃げてきたあたしを受け入れてくれたのが、カルケド政府でした。カルケドに尽くすことが、あたしの使命です。だから彼氏なんていりません！」

　そう言って、ウルリカは悲しげな視線をテーブルの上に落とした。

「それに……大事な人ができても、また失うのは、嫌、ですから」

「……わ、悪い」

　そんなウルリカの様子に、バルカは素直に謝罪した。

「ちょっとふざけすぎた。お前は真剣にカルケドの未来を心配してるのに、それを茶化すような真似はすべきじゃなかったな。ごめんな」

　ウルリカの両親は、ラコニア帝国の都で小さな仕立て屋を営んでいた。ところが、商品の納入のために宮廷を訪れたところ、何らかの陰謀に巻き込まれ、無残にも殺されてしまったのだ。娘であるウルリカは、からくも隣国カルケドに逃れ、軍隊に志願した。それらの事情をすべて承知の上で、バルカは彼女を副官に任命した。

　カルケドの民として、ウルリカには胸を張って生きてほしいバルカである。彼女がまだつらい過去を引きずっていることを知って、調子に乗りすぎたと反省したのである。

「い、いえ……こちらこそ、すみません」

「何でお前が謝るんだ？」

「急にバルカ将軍が真顔になったので、何だかこちらが悪いことをしている気がして……

将軍が真顔になるなんて、めったにないことですから……」

「お前、俺のこと何だと思ってるの？」

「何って、軽薄なナンパ野郎ですが？」

無名の侍従武官から最高司令官に大抜擢されたバルカは、これまた無名の女性兵士であったウルリカを自身の副官に大抜擢した。なぜ彼女を、と問われて、

「え、だってかわいいから」

などと応えたバルカである。軽薄なナンパ野郎と言われても、返す言葉がなかった。

「あの、一つうかがってもいいですか？」

ためらいがちに、ウルリカは訊ねた。

「あたしを副官に登用したのは、本当に、その……『かわいいから』というだけの理由ですか？」

「お前はどう思ってるんだ？」

「いくらあなたが軽薄でも、それだけの理由とは思えません。あなたの行動の一つひとつには、何かしら深謀遠慮が隠れているとあたしは思っていますから。あたしとしても、自分の能力や努力がきちんと評価された結果だと信じたいですし」

「ちゃんと分かってんじゃねえか。そう、俺のやることにはすべて意味がある。何しろ俺

は、『伝説の軍師ヒラムの再来』だからな」

「自分で言いますか」

「お前は事務処理能力がとても高いし、いつも的確な助言をしてくれる。兵士たちの心をつかむのも上手い。副官として得がたい人材だと思ってるさ」

ウサギ肉と玉ネギの煮込み料理を頬張りながら、バルカはそう答えた。

「そ、それはどうも……」

意外にもバルカが真っ当な答えを返してくれたので、ウルリカは赤面した。

「と、ところで、『伝説の軍師ヒラム』といえば、常に仮面で自分の素顔を隠していたことで有名ですよね。一説によると、実は凄い美男子で、美貌を人前に晒すのを嫌っていたとか。どう思います？」

「嘘だな」

バルカは即答した。グラスの中のワインを飲み干す。

「イケメンなら、わざわざ隠す理由がないだろうが。バルカくんのように常にカッコいい素顔をさらして、女の子からモテたいと思うのが普通だ。どうせ目も当てられない不細工だったに決まってる」

「夢のないことをおっしゃらないで下さい。きっとバルカ将軍のような、凛々しいお顔立ちだったと思いますよ」

「ウルリカは俺の顔のことを、そんな風に思ってくれていたんだ」

「で、どうなんですか。五百で砦を攻略する算段、あるんですか？」

素っ気ないウルリカの問いに、空になったグラスを手の上でぐるぐると回しながら、バルカはにやりと笑った。

「まさかお前、天下のバルカくんともあろう者が、ただ格好をつけたいというだけの理由で、勢いで言い出したなんて思ってないだろうな？」

「え、じゃあ……」

「いずれシビーユがイトリア砦の攻略を命じてくることは、予測済みさ。だからその前提で、打てる策は全部打ってある」

バルカの紅い瞳が、不敵に光った。

「鍵を握るのは……ウルリカ、お前だ」

4

ほろ酔い気分で、バルカは食堂を出た。ウルリカと別れ、兵舎の中を歩く。

兵舎の中庭は、ちょっとした練兵場になっている。夜も更けたというのに、筋骨隆々の兵士たちが、腕立て伏せをしたり、二人一組で剣の手合わせをしている。日々、バルカ配下の精鋭たちは鍛錬を欠かしていない。

「よう、お前ら」

バルカが声を掛けると、仰向けになって腹筋を鍛えていた青年士官が顔を向けた。

「これはこれは、失恋に失恋を重ねる我らがバルカ将軍閣下じゃないですか」

名をアリュバスという。二十代半ば、全体的にがっしりとした体格の男である。百人隊長を務めており、バルカが特に信頼している部下の一人だ。先日の北部山脈の戦いでは、弓兵部隊を率いて勝利の立役者となった。武人として有能な上に、交渉ごとや潜入工作も得意とする。バルカとしては腹立たしいことに、女を口説くのも上手い。

そのアリュバスの軽口に、他の兵士たちも追従した。

「さては副官どのにフラれて、失意のまま夜風に当たっているところですか」

「将軍閣下は、戦いには滅法強いのに、なぜか女性相手にはフラれてばかりですからねえ。顔も悪くないのに、よほど日頃の行いに問題があるんですかねえ」

口は悪いが、彼らの表情にはバルカへの強い信頼が宿っている。

初めてバルカが将軍として赴任した日、兵士たちはバルカを若造と舐めてかかり、喧嘩をふっかけてきた。だが、五人の屈強な兵士を、バルカは徒手空拳のみで、たちどころに叩きのめした。

「こ、この若造……強え……」

息を呑むような武術の冴えを見せつけられて、バルカを取り囲む空気が変わった。

「これから俺たちは、英雄になりに行くんだぞ。ちゃんとカッコをつけろ。上官いびりなんてダサいことはやめろ」

バルカが一喝すると、兵士たちは感服し、以後、彼の忠実な手足となったのである。

特に、今ここにいるのは帝国軍との七度の合戦すべてに参加し、それに勝ち抜いてきた男たちだ。バルカとは主従を越えた連帯感を抱いている。だからこその軽口だろう。

「失礼なことを言うな。俺はだな、今日もさる高貴な姫君から、結婚の申し込みをされたところだぞ」

バルカの言葉は、おおむね事実である。『カルケドの至宝』と呼ばれるシビーユから結婚をほのめかされたのだ。だが、部下たちは誰も信じなかった。

「またそんなホラを吹いて！」

「大丈夫、モテなくてもバルカ将軍は最高にいい男っスから」

爆笑が沸き起こり、不敗の常勝将軍は顔をしかめた。

「いちいち引っかかる言い方をするんじゃない。お前らだって、彼女がいたらこんな夜に練兵場で汗流してないだろ？」

「違いねえや」

再び、兵士たちは笑った。

「ま、俺らはあんたのことを頼りにしてますよ。何たって、あんたはオレたちを生きて都に返してくれた。故郷が帝国軍に蹂躙されていないのも、家族が無事なのも、全部あんたのおかげだ」

そう言って、アリュバスはバルカの肩に手を置いた。年少の上官を兄のような目で見守る彼に、バルカは提案した。

「じゃあ、頼りがいのあるカッコいいバルカ将軍から、一つお前らに任務を与えたい。この前の戦いで、帝国軍の衣装を戦利品として獲得しただろ？　お前らに、あれをちょっと着てみてほしいんだ」

「まさか、帝国兵に化けて敵の砦に忍び込めと？」

バルカがイトリア砦攻略を命じられたことは、すでにアリュバスたちにも知れ渡っているようだ。

「そうじゃない。それを着て、ちょっと旅に出てほしいんだ。多少の危険は伴うが、公費で観光ができるチャンスだぞ」

「旅……ですかい」

「しかも、カルケド軍きっての美少女が一緒ときてる。俺が代わってほしいくらいだ」

「え、それってもしかしてウルリカちゃん？　その任務、オレが引き受けました！」

「オレも行きます！」

　たちまち前のめりになる兵士たちに、バルカは苦笑した。

「ウルリカの奴、大人気だな」

「そりゃ、健気で頑張り屋ですからね。守ってあげたくなるじゃないですか」

「しっかり者のようで、時々おっちょこちょいなのがかわいい」

「だよな。それに、バルカ将軍へのツンとした塩対応がグッとくる」

「お前、性癖こじらせてんな」

　盛り上がる兵士たちを見て、アリュバスは感服した。

「将軍、あんた、つくづく人を動かすのが上手いな。もちろん俺も行きますぜ」

イトリア砦の司令官ラネールは、頭を悩ませていた。

先日のカルケド北部山脈の戦いで、バルカに完敗を喫した人物である。四十二歳、軍歴は二十五年になる。中堅どころの将として一定の評価は得ているが、華々しい功績はなく今日に至っている。

カルケド侵略にあたり、帝国軍は三万の大軍を動員した。率いる将軍の数は十名。その中において、ラネールは序列上、第五位の将にすぎなかった。だが、第一位、二位の将がバルカと戦って敗死し、三人目が重傷を負い、四人目は逃亡。残った彼が遠征軍の総帥と前線基地の司令官を兼ねることになったのだ。

だが、その帝国軍三万は、今では十分の一にまで減少している。七度にわたってバルカに完敗し、戦死、負傷、降伏、逃亡によって大幅に数を減らしていたのだ。遠征軍としては、ほとんど壊滅状態である。

それでもなおこの砦に踏み留まっているのは、ラネールや帝国軍が今なお高い士気を維持しているから――というわけではなかった。

「私は……どうすれば……」

もはや、撤兵しかない。それは分かっている。だが、これほど無様な敗戦を経験し、おめおめと帝都に逃げ帰れようか。彼にも帝国軍人としての誇りがある。せめて一矢、カルケド軍に報いてやらねば、撤退などできようはずがない。

　もしカルケド軍がこの砦を攻めてくるようであれば、生命に代えてでも守り抜かねばならない。ラネールが悲壮な決意を固めつつあった、そんな折。驚くべき知らせが彼の下へ飛び込んできた。

「閣下、大変です！　カルケド王国軍の、あのバルカ将軍が、たった一人でこの砦に現れました！　帝国に亡命したい、と……」

「ど、どういうことだ」

ラネールは狼狽した。帝国軍に連戦連勝したバルカは、カルケド国内では救国の英雄扱いされているはずだ。そのバルカが、なぜ今になって帝国に亡命を申し入れてくるのか。

「本当にバルカ将軍が寝返ってくれるのなら、大手柄だが」

　皇帝は、有為な人材を好む。常勝にして不敗の天才将軍。手中に収めることができれば、カルケド一国よりもよほど価値のある存在かもしれない。

　だが、そのバルカが帝国に亡命を希望とは。どういうつもりだろうか。彼が知略の限りを尽くして帝国軍に刃向かったのは、愛する祖国を守るためではなかったのか。

　首をかしげながら、ラネールは丁重にバルカを迎え入れた。

「初めまして、バルカ将軍。司令官のラネールだ」

「こちらこそよろしく、ラネール将軍。バルカだ」

焦茶色(こげちゃいろ)の髪(かみ)をなびかせた、まだ少年といっていい年頃(としごろ)のカルケド軍人に、ラネールは驚きを隠せなかった。

「若い、若いな」

もともと無名の若い将だとは聞いていたが、それにしても若すぎる。本物だろうか。

「すぐに接待の準備を」

部下たちに指示を下した。どんなつもりかは分からないが、まずは話を聞くべきだろう。

酒とご馳走(ちそう)を与え、ラネールは自らバルカを歓待(かんたい)した。うまく相手から情報を引き出そうとの意図だったが、こちらから訊(き)いてもいないのに、バルカはべらべらと一方的にしゃべり始めた。

「シビーユ王女の人使いの荒(あら)さといったら、本当にひどい。いつもいつも俺をタダでこき使いやがる」

「ほう……」

「あの女はとにかく腹黒でな。『私と結婚したくないの？』なんて大ボラ吹いて、俺のことを都合よく使うんだ。本気で俺と結婚する気なんて、ハナからないくせにな！」

「それはそれは……」

「連戦に連戦を重ねてやっと帰ってきたところだったのに、休みもくれないんだぜ？　俺は、モテたいのに！　女の子とイチャイチャしたいのに！　しくしく……」

王女の悪口をさんざん聞かされたラネールは、用を足しにいくふりをしてバルカのもとを離れ、側近に耳打ちした。

「どう思う？」

バルカは、本心から亡命を希望しているのだろうか。それとも何かの罠だろうか。

「カルケド王国の王女がバルカ将軍をそこまでコケにするなど、ありうるでしょうか。仮にも救国の英雄でしょう」

「そうだな……。だが、私にはバルカ将軍が嘘を言っているようには思えんのだ」

「はい、妙に真に迫っているような気がします」

一体、どういうことだろう。カルケドよりもラコニア帝国の方が自分を重用してくれると考えて、売り込みに来たということだろうか。

宴席に戻ると、バルカはすでにほろ酔い気分である。

「時にラネール将軍。将軍には、娘か、もしくは年の離れた妹がおありか？」

「……？　確かに、私には妻との間に、娘が一人いるが」

「ほほう」

紅い瞳を生き生きと輝かせて、バルカは身を乗り出した。質問の意図を探りながら、ラネールは言葉を続ける。

「ちなみに結婚はまだで、年齢は十七だ。父親の身びいきかもしれんが、かわいくて気立てのいい娘だと思う」

「頼む、紹介してくれえええ！！！」

突然、バルカは土下座した。

「俺も十八で、娘さんとはいいつり合いだ。将軍にそんな素敵な娘さんがいるなんて、これはきっと運命だ！　俺と将軍の娘さんは、結ばれる運命にあったんだ！」

これも、妙に真に迫っている。心の底からの叫びであるように聞こえる。

困惑するラネールに、バルカはぐぐっと顔を近づけて、彼の手を取った。

「二人で天下を取りましょう、お義父さん！」

「お、おう……」

妙な馴れ馴れしさに面食らったラネールだが、酒を飲み交わすうちに、

「なかなか面白い男ではないか」

と、思うようになってきた。娘の件はどこまで本気か分からないが、バルカほど才能のある若者なら、娘の婿にも悪くない。

「だが、バルカ将軍。貴殿が帝国で受け入れられるとは限らんぞ？」

「へ、何で？」

「当然だろう。帝国は三万もの大軍を動員しながら、貴殿にコテンパンに叩きのめされたのだ。私も貴殿にやられた一人だがな。私は器が大きいので気にしないが、貴殿を帝国の宿敵として、蛇蝎の如く嫌っている者も多い。私は器が大きいので気にしないがな！」

「それは……困るな」

　紅い瞳を曇らせて、バルカは天を仰いだ。

「でも、そこは高名なラネール将軍が取り持ってくれることで、どうにかならないか？」

「買いかぶらないでくれ」

　ラネールは苦笑し、溜息を吐いた。これでも己の力量はわきまえている。

「私程度の人材など、帝国にはいくらでもいる。それに貴殿に敗れたことで、私の評判はガタ落ちだ。いつ、この砦の司令官という立場から更迭されることか……」

「そんな！　ラネール将軍ほどのお方が」

「それだけ、帝国は人材が豊富だということだ。それに皇帝陛下は、敗者に厳しいお方。同僚たちが幾人も戦死しているのに、おめおめと生き延びている私に、寛大な処置をしてくれるとは思えぬ……」

つい、しんみりとしてしまうラネールだった。

「ラネール将軍」

急に改まった様子で、バルカはラネールに向き直った。彼の肩に手を置く。

「生きろ」

「は？」

「あんたが敗れたのは、相手が強すぎただけだ。この超天才イケメンのバルカが相手では、いくらあんたでも分が悪すぎた。それだけのことだ。あんたに才能がなかったからじゃない。だから生きろ。どんなことをしてでも」

「ど、どうすればいい⁉」

ラネールは、期待に身を乗り出した。バルカはやけに調子のいい男だが、ずば抜けた知略の持ち主であることに疑いはない。何かいい助言をくれるかもしれない。

「大丈夫。俺に考えがある。俺の策に従ってくれれば、あんたの生命は保障されるどころか、今以上の栄達だって望める。だから、俺に賭けてくれないか」

バルカの紅い瞳が、怪しげな光を放った。

「カルケド王国に降伏し、この砦を王国に明け渡せ」

「……？」

ラネールは面食らった。何を言われているのか、とっさに理解できなかった。

「シビーユ王女は、あんたを悪いようにはしない。人使いは荒いし腹黒だし自分のかわいさを鼻にかけてやりたい放題のろくでもない王女だが、人を見る目はある。きっとあんたを取り立ててくれるはずだ」

「……そ、それはつまり……まさか……」

ようやくバルカの言葉の意味を理解し、ラネールは愕然とした。酔いがすっと覚めるのを、彼は感じた。

「き、貴様、さては最初からそれが目的でこの砦に入り込んだのだな⁉　私をカルケドに寝返らせて、この砦を奪うつもりだな⁉」

ラネールが詰め寄ると、バルカは軽薄な笑みを浮かべ、頭を掻いた。

「あ、ばれた？　実はその通りなんだ。帝国に亡命したいなどというのは、真っ赤な嘘だ」

「ふざけるな！　なーにが、お義父さん、だ！　とんでもないやつめ！」

ラネールは激怒して、部下たちを呼び集めた。

「この男を捕らえよ！　即刻、首を刎ねて、皇帝陛下に献上してくれるわ！」

もう少しでこの詐欺師に騙されるところだった。危ないところだったと、ラネールは気を引き締めた。

「だいたい、私は妻と娘を帝都に残してあるのだ。降伏などできるわけがなかろうが」

「ああ、そのことなんだが――」

バルカが何か言いかけたとき、一人の兵士が慌てた様子で宴席へ駆け込んできた。

「し、司令官閣下！」

「何だ、後にしろ」

「そ、それが……閣下の奥方とお嬢様が、たった今、この砦に到着なさいました！」

「は、はあ⁉」

意味が分からない。妻と娘は、帝都で彼の帰りを待っていたはずだが。

「何でも、閣下の部下と称する者から、『ラネール将軍はカルケド王国に寝返った。それが皇帝に知られれば、あなたたちは処刑されてしまう。ただちに帝都を脱出して、カルケドに向かいましょう』などと言われ、脱出の手引きをされたとか……。不審に思いながらも『早くしないと皇帝に殺される』と急かされて、従ってしまったとのことです！」

ラネールは真っ青になった。

「閣下の署名が入った手紙も見せられて、それならば、と信じてしまったようです」

「そ、そんな……そんなことが……」

ありえない、と思ったが、思い当たるふしもあった。先の敗戦で、彼は私物や公文書を入れた小箱をカルケド軍に奪われてしまったのだ。その中には、彼の筆跡や家族の住所が分かる書類もあった。

「それは困ったなあ、ラネール将軍」

ニヤニヤと笑うバルカを、ラネールは睨みつけた。こんな芸当ができるのは、この男しかいない。

「皇帝は今頃、あんたの裏切りに激怒してるだろうな。妻子まで逃げたんじゃ、言い訳もできねえな。もうこうなったら、本当にカルケドに寝返るしかないよなあ」

「き、貴様あああああ！！！」

「娘さん、紹介してくれよ。お義父さん」

バルカは白い歯を見せて微笑んだ。

6

敵将ラネールの降伏後、バルカはシビーユが準備した五百の兵士を呼び寄せて、イトリア砦を占拠した。砦にはカルケドの国旗が掲げられ、帝国兵は降伏の証としてすべての武器を没収された。

そうした戦後処理が片付いてから、バルカは今回の最大の功労者に声をかけた。

「ご苦労さん」

「バルカ将軍は、ちょっと人使いが荒いですね」

ウルリカの横顔には、さすがに疲労の色が見える。短期間で国境から帝都までを往復したので、当然だろう。

バルカはウルリカに信頼できる部下たちを付けて帝都に潜入させ、ラネールの妻と娘を連れ出させたのである。

帝国出身のウルリカにとって、帝都に入り込むことは、そう難しいことではなかった。

元々、とても軍人には見えない可愛らしい風貌だ。ラネールの邸宅を訪れ、バルカに仕込まれた迫真の演技で、上手いこと彼の妻子を騙すことに成功したのである。

「正直、何度もボロを出しそうになったんですけど、アリュバスさんにフォローしてもらいました」

ウルリカに護衛として同行したアリュバス百人隊長は、女を口説かせたらカルケド軍随一との評判だ。潜入工作にも長けており、まさにうってつけの人事だったわけだ。

「ところでウルリカ、疲れているところを申し訳ないが、ちょっとついてきてくれるか」

「あたしはバルカ将軍の副官です。どこまでもお供しますが……」

「せっかくここまで来たんだ。寄りたいところがあるんだ」

　翌日、バルカはウルリカとともに、イトリア砦にほど近い森へと向かった。カルケド王国とラコニア帝国の国境に位置することもあり、あまり人の出入りはないようだ。鬱蒼（うっそう）とした木々の中を、険しいけもの道をかき分けながら進む。

「こんなところに、いったい何のご用ですか。はっ、まさか、人気（ひとけ）のないところにあたしを連れ出して、よからぬことをするつもりじゃ……」

「はあ⁉　イケメンのバルカくんが、そんなことするわけないだろ！　俺はいつも正々堂々と、自分の魅力（みりょく）でフェアに勝負している！」

「確かにその通りですね。勝率は極（きわ）めて低いですが」

　バルカの主張に、すかさずまぜ返すウルリカだった。

　さらに森の深くへと入っていく。高低差が激しく、上ったり下ったりを繰り返しながらしばらく進むと、急に小さく開けた空間に出た。

　粗末（そまつ）なレンガ造りの小屋がある。半ばは苔（こけ）に覆（おお）われており、手入れがなされている形跡（けいせき）はない。おそらく無人だろう。

　小屋の隣（となり）には、わずかに盛り上がった塚（つか）のようなものがあった。その上には、石でできた十字架（じゅうじか）が刺（さ）さっている。

墓標だ。

「これって……」

ウルリカが呟くと、バルカは紅い瞳にわずかな憂いを込めて、静かに頷いた。

「俺の、大事な師匠なんだ」

それ以上、バルカは何も話さなかった。無言のまま墓標の前に歩み出て、持参した花を手向けた。そっと手を合わせ、目を閉じる。

そんな彼を、ウルリカは静かに見守っていた。墓標とバルカから距離をとり、何も言わずにただ上官を待っていた。

長い時間が過ぎた。やがて振り向いたバルカは、ウルリカに歩み寄ると、少し気まずそうに口を開いた。

「訊かないのか？　師匠って誰ですか、って」

「ええ」

アクアマリンの髪を揺らし、ウルリカは頷いた。

「あなたともあろう方が、いつもの軽口も忘れて、真摯に故人の生前を偲んでいる。だから訊かない方がいいと思ったのです」

金色の瞳が、まっすぐにバルカを見据えた。

「誰にでも、あるはずです。自分の心の中にだけしまっておきたい、大事な思い出が」

そう言って、ウルリカは静かに微笑んだのだった。


六年前、まだ十二歳の少年バルカは、森の中を彷徨っていた。

道に迷ったら、無事に出られる保証はない。生い茂る蔓や蔦が絶えず脚を絡め取る、険しい森だ。一歩間違えれば崖から転落する可能性もある。急な雨にでも降られたら、それは少年の体力を一気に消耗させるだろう。熊や狼のような、危険な野生動物もいる。

それでも少年は、自らの意思でその森へと分け入った。どうしても、そうしなければならない理由があったのだ。

空腹に耐え、やっとのことで辿り着いたのが、この質素な小屋だった。

噂は本当だった、と少年は興奮に身を震わせた。こんなところに、人が住んでいる。それは、彼が探し求めている人に違いなかった。

入り口の扉を叩くと、さんざん待たせた挙げ句に、一人の老人が姿を現した。

「こんな老いぼれに何の用じゃ、小僧」

ひげもじゃで、汚い身なりの、いかにも偏屈そうな老人である。それでも少年は狼狽えなかった。

「あんたの噂を聞いたんだ。森の中に、俗世を避けてひっそりと暮らす奇妙な老人がいる、って」

「それで？」

老人の鋭い眼光に、だが少年は胸を反らした。

「俺は、あんたに会わなきゃいけないと思った」

「ほう、そりゃどうして？」

「あんたが『伝説の軍師』ヒラムだからだ」

その言葉を口にすると、老人の顔はこわばった。その反応を見て、少年は自分の憶測が間違っていなかったことを悟った。

ヒラムが歴史の表舞台に現れたのは、およそ五十年前のことである。

大陸は戦乱の渦中にあった。後世、「第一次『神の采配』大戦」と呼ばれることになる、激動の時代だった。

豊かな商業国家カルケドは、周辺諸国の侵略の格好の的となった。ラコニア帝国、ファールス草原国、聖モナード騎士団、ルメリア共和都市連合――あらゆる勢力が、大軍を率いてカルケドの国土を蹂躙しようとした。

だがこのとき、カルケドに突如として一人の英雄が現れ、国を守った。

それこそが、若き天才軍師ヒラムである。

カルケドの傍流の王族であったとも、名もなき一介の農夫であったともいう。正体は分からない。彼は常に仮面を身につけ、素顔を隠していた。あまりに醜男であったために顔を見せるのを嫌ったとも、逆に眉目秀麗な顔立ちを隠すためのものであるとも言われた。あるいは、実は女性であったとも。いずれにせよ、その素顔は、ついに明かされることはなかった。

彼は空城の計を用い、一兵も使うことなく敵の大軍を足止めし、驚天動地の奇襲によって味方に十倍する賊軍を打ち破り、離間の策によってカルケドに仇なす敵の大連合を一夜にして瓦解させた。縦横無尽の計略は、『神の采配』と呼ばれた。

そうして彼は列強の野望を次々と退けて――最後に対峙した宿敵ラコニア帝国の軍勢を相手に、完勝を収めながらも自らは非業の戦死を遂げたという。少なくとも、公に伝わる歴史では、そうなっている。

「カルケドに奇跡的な勝利をもたらしながら、自らは生命を失ったことでヒラムは伝説的な存在になった。だけど、俺に言わせると、真実は違う。ヒラムは死んじゃいない」

「ほう。どうしてじゃ？」

老人が目を細めると、少年は自信たっぷりに自説を披露した。

「だって、誰も素顔を知らないとなると、そいつが本当に死んだのかどうか、誰にも確かめようがないだろ？　そのために、ヒラムは素顔を隠していたんだ。最初から、すべてはヒラムの計画通りだったんだ」

「面白いことを言う小僧じゃな。じゃが、どうしてヒラムに死んだふりをする必要がある？」

「そりゃ、ヒラムの存在そのものが列強にとっては脅威だからさ。ヒラムがいる限り、列強の君主たちは、枕を高くして眠れない。カルケドは常に警戒される。だから死んだことにして、敵を安心させたのさ。そして陰からこのカルケドを守ってきた。そうだろ、ヒラムさんよ」

地勢的に、カルケドは諸国から極めて狙われやすい立場にある。戦乱終結後、カルケドが五十年間にわたって独立を守り通してきたのは、奇跡のようなものだった。いや、奇跡などではない。誰かが、歴史の裏で神のような知略を巡らせて、様々な対策を講じ、危機を未然に防いでいたのだ。

それが少年の結論だった。

確信に満ちた少年の姿に、老人は天を仰いだ。

「これは驚いた。まさか真実に辿り着く者が現れようとは。しかも、こんな年端もいかぬ少年が」

もはや隠しきれぬと観念したのか、老人は自らの名を明かした。

「いかにも、わしがヒラムだ。この五十年、歴史の裏からカルケドを守り続けてきた」

少年は、自然と背筋が伸びるのを感じた。確信してはいたが、老人自身の口から真実が語られて、緊張に身を震わせた。

伝説の軍師その人が、今、彼の目の前にいる。その事実が、少年の血を静かに滾らせた。

だが、老人の正体を言い当てたところで、それで終わりではない。彼の目的は、その先にあるのだ。

「だけど、あんたもいい年齢だ」

どんなに若く見積もっても、老人は七十代の半ばには達しているはずだ。神の如き知謀の持ち主とはいえ、一介の人間である。迫りくる死に勝てるはずもない。

「そう。わしは、もうじき死ぬ」

老人の横顔に、暗い陰がよぎった。急に老人が弱々しく見えて、少年は目を瞠った。

「心臓の病を患っておる。おそらく、もう長くはない」

「……そしたら、この国はどう守る？」

ラコニア帝国は、カルケド併合の夢を諦めてはいない。おそらくこの伝説の軍師の死後、数年以内にカルケドに攻めてくるだろう。カルケド国王はボンクラだ。そうなると、この国の運命を一身に担うことになるのは――。

間違いなく、あのコだ。

ちょっと意地悪なところもあるけれど、まっすぐで頑張り屋で、笑顔がとてもかわいい、あのコが矢面に立たされる。

幼馴染みの少女の横顔を、少年は思い浮かべた。

彼女を守りたい。

彼女を助けたい。彼女の力になりたい。

彼女の笑顔を、どんなことがあってでも奪われたくない。

国の存亡よりも何よりも、それこそが少年にとっての、切実な願いだった。

「俺に、あんたの持つ知識のすべてを教えてくれ」

無言を貫く老人に、少年は要求した。

「これからは、俺があんたの代わりに、カルケドを守る」

強い眼差しに老人は息を呑み、迷うような素振りを見せた。ついさっき現れたばかりの少年に、そんな大事を託していいものか。だが、老人が決断するまでに、それほど長くはかからなかった。

「いいだろう。他に選択肢(せんたくし)がない以上、お前に任せるしかない」

そう言って、彼は少年を部屋の奥(おく)へと招き入れ、一冊の書物を手渡(てわた)した。

手垢(てあか)に塗(まみ)れたその本は、見た目以上にずしりと重い。

「まさか、お前のような子どもにこれを託すことになるとはな」

「これは？」

「わしの持つすべてを込めた軍略書じゃ」

「本当に、俺がもらってもいいのか？」

声を震わせる少年に、老人は初めて冗談(じょうだん)を口にした。

「お前には、非モテの相が出ておる。かわいそうだから、くれてやるとしよう」

「ひ、非モテの相⁉」

たちまち、少年は動揺(どうよう)した。

「これをよく読んで勉強すれば、そうそう戦には負けん。お前は歴史に名を残す稀代(きたい)の名将となるじゃろう」

「そんなことより、非モテの相って何⁉　俺、そっちの方が気になる！」

「ええい、やかましい。勝って勝って勝ち続ければ、そのうちよいこともあるじゃろう。

逆に勝ち続けられなければ、一生非モテじゃ！」

「そんな……」

少年は絶句したが、すぐに気を取り直した。

「い、いや。望むところだ。俺は勝って歴史に名を残す。負けたときのことなんか考えない」

覚悟を決めて、少年は頁をめくった。

「こ、これは……」

ミミズののたうち回るような字の羅列に、少年は絶句した。

「何書いてあるのか全然分からん」

「極意じゃからな。そう簡単に分かられても困る」

開き直るように、老人は胸を張った。


一ヶ月後、老人は静かに息を引き取った。

バルカはただ一人で、その死を看取った。半世紀以上にわたってカルケドを守り続けてきた英雄は、安らかな顔であの世へと旅立った。

彼が書き残した軍略書を、バルカは一心不乱に読み耽った。それは、ただの軍略書ではなかった。バルカにとっては人生の指針であり、生き抜くために必要な糧であった。伝説の軍師は悪筆、かつその文章は極めて晦渋で、理解には困難を極めたが、老人があえてそうしたのだということも分かっていた。彼の言葉一つひとつの真意を正確に悟ったとき、バルカは自分の知略が恐ろしいほどの高みへと引き上げられるのを実感した。

同時に、バルカは身体を鍛え、剣の腕を磨き、宿敵・ラコニア帝国の研究を欠かさなかった。いざ戦争が始まれば、敵はどこに砦を築き、どの道を進軍し、どこでカルケド軍と激突するか。その場合、どんな策が有効か。軍略書の教えを元に、彼は検討を重ねた。

「妥協するな。今お前の持つ最上の策は、実は最低の策だと思え。もっと高みを目指せ」

「慢心するな。己の才能などたかがしれている。敵は己より賢いと思え」

「安心するな。万全の策にも、何か必ず手落ちがある。常に検証を怠るな」

師の教えを胸に。周囲には軽薄なお調子者として振る舞いながら、あらゆる努力と準備を、彼は惜しまなかった。すべては、来たるべき日に備えてのことだった。

カルケドは平和を謳歌していた。

だが、いずれ迫り来る帝国軍の脅威を、バルカだけは正確に捉(とら)えていたのだ。

第二章

1

「というわけで、砦、司令官のおまけつきで攻略してきたよシビーユ！　結婚して！」

王都カルケドの聖メルカルト宮、王女シビーユの執務室。

バルカの元気な声に、シビーユは薄桃色の髪を揺らし、呆然として呟いた。

「まさか本当に砦を五百人で攻略しちゃうなんて……しかも、味方の損害もゼロで……」

「今回はウルリカの大手柄だな」

彼女がラネールの妻子を連れ出してくれなかったら、今回の策は成らなかったのである。

本当によくやってくれたと思う。

実はバルカには、万一ウルリカが失敗したときに備えて、第二、第三の手段もあった。あらゆる可能性に備えて必勝の計を講じるのがバルカ流である。だが、ウルリカが頑張ってくれたおかげで、それらの出番は不要になったわけである。

「そしてウルリカの大手柄ということは、つまるところ彼女を上手く活用した俺の大手柄ということだな。わはははは！」

得意満面のバルカである。実際、それで成功したのだから、遠慮するつもりは毛頭ない。

「まあ、さすがバルカといったところね。よくやってくれました。……ところで、何でほっぺに手形ついてるの？」

シビーユが鋭く指摘した。バルカの頬が、手形を描くように真っ赤に腫れている。

「こ、これは名誉の負傷というやつで。は、ははは……」

バルカは頭を掻いた。ラネールの娘に、「あたしたちを騙して、お父さんを罠に嵌めたのね、最低！」と、ひっぱたかれたのである。

「それはそれとして、さあ、ラネール将軍」

バルカは、随伴したラコニア出身の将をシビーユに引き合わせた。

「シビーユ王女殿下だ。ご挨拶を」

「……」

ラネールは、むすっとした顔つきで、無言のままシビーユの前に躍り出た。

「挨拶！」

「……お初にお目にかかります、王女殿下。ラネールと申します」

バルカに促されたラネールはしぶしぶ挨拶をしたが、台詞は棒読みだった。めちゃくちゃ不本意そうである。

「不肖の身ながら、今後はカルケドのために尽くす所存。どうか麾下の末席にお加え下さい」

ほとんど詐欺のようなバルカの説得によって、仕方なくカルケドに降ったラネールである。本心であるはずがなかった。

だが。

「ああ、あなたがかのラネール将軍ですか！」

浅緑色の瞳をきらきらと輝かせ、心から嬉しそうに、シビーユは彼を迎え入れた。弾むような笑顔だった。

「名高いラネール将軍が味方について下されば、私も心強いですわ！　本当に、よく来て下さいました！」

ニコニコ顔で言われて、ラネールは驚いた様子だった。

「わ、私のことをご存じだったのですか……？」

「もちろんです。果断にして慎重、質実にして剛健、誰よりも勇猛でありながら知略も一級、その用兵は堅実にして柔軟、良識的で兵士からの信望も厚い、帝国軍随一の将と聞いています。あなたを迎えられて、とても嬉しく思いますわ」

心にもない美辞麗句を言わせれば、シビーユは天下第一である。美しい姫におだてられたラネールは感激し、態度を一変させた。

「敗軍の将である私に、何という、もったいないお言葉……」

すっかりかしこまり、目には涙を浮かべている。

「バルカ将軍。私はこのカルケドの地を第二の故郷として、心機一転、やり直すつもりだ。色々思うところはあったが、思い切って決断してよかった。ありがとう」

「よ、よかったな」

バルカが動揺を隠せなかったのは、「なるほど。俺も普段、こんな感じでシビーユに懐柔されているのか……」と、つい我が身を振り返ってしまったからである。シビーユ、おそるべき魔性の女である。

「ただ、私は帝国の出身です。これからかつての同僚たちと戦うことになると思うと、忸怩たる思いがあるのですが……」

ラネールが率直に今の気持ちを述べると、シビーユは笑って首を振った。

「帝国とは、これから和議を結びます。そのような心配は不要ですよ」

「カルケドへようこそ、ラネールさん！　ボクがこれからのことを色々と教えてあげるからね！」

明らかにサイズの合わない長衣を着たエメラルド色の髪の娘が、ラネールを歓迎した。

帝国からの降将は、目を丸くした。

「……こ、この幼女は？」

「ボクは秘書官のエリッサだよ！　こう見えてもシビーユの補佐役をしてるんだよ！」

「何なんだ、この国は」

ラネールは呆然とした。

「二十歳にも満たない若造が最高司令官で、文官は幼女か」

「そう。カルケドはね、神秘の国なんだ。色々と楽しいよ♪」

にこにこと微笑みながら、エリッサはラネールを別室へと誘導した。今後の処遇について、説明をするようだ。

本が山と積まれた執務室には、バルカとシビーユだけが残った。

がっつくように、バルカは王女に迫った。

「約束だったよな。さあ結婚しようシビーユ！」

「ま、まだよ。まだ駄目」

「はあっ!?　話、違うじゃん！」

前のめりになるバルカをなだめるように、シビーユは説明した。

「あなたがイトリア砦を攻略してくれたおかげで、帝国との和平の道が開けたわ。だけど、まだ和平が実現したわけじゃない」

バルカは眉をひそめた。まさか、この女……。

「和平交渉まで俺にやらせる気か……？」

「ううん、和平交渉は私に任せて。その間に、あなたには聖地の再建をお願いしたいの」

「聖地？」

聖地といえば、国王が巡礼に行っている、『聖ウォボスナの丘』が有名だ。はるか東の国にあり、片道だけで何ヶ月もかかる。特に破壊されたとは聞いていないが……。

「ウォボスナ……じゃなくて、ウティカの方か」

カルケドで信仰されている救世福音教にとって最大の聖地は『聖ウォボスナの丘』だが、聖地と呼ばれる場所は各地に存在する。もちろん、カルケドにもある。『ウティカ湖の聖教会』というのがそれだ。

カルケド建国の英雄ボミルカル一世がウティカ湖畔で異教徒の圧倒的な大軍を撃破したことを記念して、建てられた教会だ。この教会が有名になり、周囲には教会附属の修道院や、巡礼者を見込んだ宿泊施設、商業施設などがつくられたのだ。カルケドにとっては大事な聖地であり、観光地でもある。

ところが、二ヶ月ほど前、これが帝国軍によって破壊されてしまった。近隣の集落も焼き討ちに遭い、住民が王都まで避難している。

「彼らを故郷に帰した上で、復興を手伝ってあげてほしいの」

「何で俺が？」

破壊された聖地を元通りにしたいのは分かるが、それは軍人の仕事ではない。

「ほら、帝国軍があちこちで街やら村を破壊していったでしょう？　人手が足りないのよ。兵士たちの力を活用したいの」

確かに、兵士たちには土木作業の心得がある。陣地を築く必要があるからだ。

「俺も兵士たちもこの半年、働き詰めなんだが？」

「だから何？」

「たまには酒場に行って、女の子と遊びたい……」

「私と結婚するんだから、女の子いらないでしょ？」

冷たい浅緑色の眼差しで、シビーユは指摘した。

「まさか知らないの？　カルケドの王族が結婚式を挙げるときは、必ず『ウティカ湖の聖教会』を使うしきたりなのよ？　つまり聖教会が壊れたままだと、私は結婚できないのよ？

それともバルカ、本当は私と結婚したくないとか？」

「したい……」

「じゃあ、決まりね」

バルカは黙りこくった。もし本当にシビーユと結婚したとしても、絶対に尻に敷かれそうだと思った。

「ここに復興作業の計画書があるわ」

シビーユが取り出したのは、細かい情報がぎっしりと記載された図面だった。なるほど、この通りにすればいいわけだ。

「腕の立つ大工も十人、揃えたわ。兵士たちへの具体的な指示は、彼らが出すの。あなたは責任者として、そこにいるだけでいいわ。簡単でしょ？」

「うーん。気が乗らないなあ……」

焦茶色の髪を、バルカは掻きむしった。

バルカの気が抜けた一瞬の隙をついて、シビーユはとっておきの情報を繰り出した。

「知ってると思うけど、教会附属の修道院は、女子修道院よ。若くて美人の修道女がたくさんいるわ。頑張ったら感謝されてモテモテね」

「どうしてそれを先に言わない⁉」

突如として、バルカは身を乗り出した。

「喜んで引き受けさせてもらうとも！　困っている女性を助けるのは、男の本懐。むしろ俺がやらねば誰がやるんだ！」

「さっすが、私のバルカね♪」

シビーユは、ニコニコ顔である。またもバルカは、彼女の思惑にまんまと乗せられてしまったのだった。

我ながらチョロい。そう思うのだが、この十年間、バルカがシビーユのお願いを拒めたためしはないのである。

2

バルカが退出すると、メイドが紅茶とシフォンケーキを運んできた。

ラネールへの対応を終えて、秘書官のエリッサも部屋に戻ってきた。執務に一区切りをつけて、シビーユは優雅な午後を楽しむことにした。

「ねえシビーユ。また、バルカを上手く動かすことに成功したみたいだね」

薄桃色の髪を揺らし、シビーユは優美な仕草でティーカップを口元へと運んだ。

「まあね。私ってば、人を動かす天才だから」

ふふん、とシビーユは得意げに薄桃色の髪を掻き上げる。

「私は彼の才能を徹底的に利用する。彼も、私を利用してのし上がる。利用し利用されるだけの大人の関係。それが私とバルカなのよ」

「だから本気で結婚する気はない、と……。シビーユは、それでいいんだ？」

「何が言いたいのか分からないわ」

シビーユがとぼけると、エリッサはエメラルド色のポニーテールを揺らした。

「本当に、ボクがもらっちゃうよ？　バルカのこと」

侍従武官時代、バルカは王女付き秘書官のエリッサとコンビを組んでいた。今でこそ王女シビーユの腹心の友として尊重されているエリッサだが、当時はそうではなかった。

「王女殿下お気に入りの、かわいいお人形さん」

そう言って、人々は彼女を揶揄した。十歳そこそこの幼女でしかなかったので無理はないが、バルカの態度は違った。

「こんな素敵なレディをつかまえて、『お人形さん』はひどいよな。だから奴らはモテないんだ。俺と違ってな」

「そう言ってくれるのは嬉しいけど、バルカはいいの？　ロリコンだと思われたら、女の子にモテなくなっちゃうよ？」

「かまうものか。言わせておけ。いずれエリッサはとんでもない美女に育って、みんなをびっくりさせるんだ。その時になったら、俺はドヤ顔でこう言うのさ。『おいお前ら、エリッサに最初にツバつけたのは俺だぞ』って」

バルカの言葉に、エリッサは感激した。

「ありがとうバルカ。ボク、いつか最高の美女になってみせるよ！」

その時から、エリッサはバルカのことが大好きだ。そして、大好きだからこそ、知っていることがある……。

「シビーユだって、気付いているでしょ？」

シフォンケーキをもぐもぐとつまみ食いしながら、エリッサはささやいた。

「んん？」

「またまた、とぼけちゃって」

ケーキを呑み込んで、エリッサは言葉を続けた。

「バルカの心の中にはね、ある一人の女の子が住んでいるの。そこは彼にとっては聖域で、誰も立ち入ることはできないの。ボクなんかじゃ、とてもその女の子の代わりにはなれないの」

あどけない顔で、おませなことを言うエリッサである。

「バルカの気持ちに、ちゃんと答えてあげたら？　シビーユ」

「……な、何のことよ？」

「やれやれ、素直じゃないんだね、二人とも」

「いやだから何のことよ？」

シビーユは肩をすくめた。

「まさかとは思うけど、私とバルカが、心の奥底では互いのことを深く想い合っているとでも思っているの？　私は彼の才能を評価しているだけよ。異性として意識したことなんてないわ」

「……本当に？」

「バルカだって、特別私のことを意識してるわけじゃないわ。かわいい女の子と見れば見境のない、軽薄なナンパ野郎。それが私の知るバルカだわ」

憮然として決めつけてから、シビーユは少しだけ頬を緩ませた。

「まあ確かにあいつはシビーユちゃんの魅力にメロメロだけど？　私の言うことなら何でもついつい聞いてしまうお調子者だけど？　でもあいつが一人の女性を真剣に想い続けるなんて、そんなことはありえないわ。まして、それが私だなんて」

「まあ、そういうことにしておきますか……」

これ以上、この件を追及しても埒が明かない。

「それにしても、バルカの軍才は規格外だよ。今回の件だって、行き当たりばったりのように見えて、本当はずっと前から準備していたんだろうね」

「そうなの？」

「かの『伝説の軍師』ヒラムも、無血で敵城を奪取したことがあったよ。和平交渉の最中に、城主が味方への背信行為をしていることを見抜いて、それを元に脅迫したんだ。でもバルカは、もっと巧妙だよ。ヒラムと違って、敵の砦に乗り込んだ時にはすべての準備が整っていたんだからね」

ヒラムは、多くの歴史家や兵法家の研究の対象となってきた。だが、彼は正体を明らかにしないまま死んでしまった。彼の華麗な策や謀略の大半は、どうしてそんなことが可能だったのかが未だに不明である。ところがバルカは、謎に包まれたヒラム流兵法を完全に自分のものにした上に、時にはそれを超えるような奇策を編み出すことさえしている。

本当に不思議な人だ、とエリッサは思う。

「で、和平交渉の見通しはどうなの、シビーユ？」

「簡単ではないことは確かよ」

敗北したくせに、帝国側は強気だった。こちらの提示した条件をなかなか呑もうとはしない。

「賠償金の支払いも拒否するし、逆に海洋権益の割譲を要求してくる始末よ。どちらが戦勝国なのか分からないわ」

「カルケド側も盤石ではないことを、見越しているんだね」

「そうみたい」

国王は敵前逃亡し、国を任されたのは政治の経験のない若い王女。そして最高司令官に任命されたのは、無名の若者だ。その無名の若者がとんでもない才能の持ち主だったという大番狂わせはあったものの、普通に考えれば、カルケドが国家として末期症状なのは間違いない。

「でも、イトリア砦の攻略で活路は見出せたよね。頑張ってねシビーユ」

「あなた私の秘書官でしょ？　手伝ってくれないの？」

「交渉ごとは苦手なんだ。公文書は作ってあげるから、話し合いはシビーユにお任せするよ。さて、昼寝昼寝」

大きなあくびをして、エリッサは部屋を出ていった。

こんな自由奔放な振る舞いが許されるのも、彼女の才能が広く認められているゆえである。国王は聖地巡礼の旅にカルケドの大臣たちを根こそぎ連れて行ってしまった。帝国軍侵攻を目前に、カルケド政府の行政機能が完全にストップし、一時は大混乱に陥った。それを瞬く間に解決したのがエリッサだった。

人並み外れた観察力と記憶力を持つエリッサは、宮廷に仕える文官や兵士たちの能力や特徴を、末端の者にいたるまですべて把握している。彼女は空白になったポストに無名の若者たちを抜擢する大胆な人事案を、シビーユに提出した。シビーユは二つ返事でそれを了承した。この人事がぴたりとはまり、カルケドの混乱は一夜にして収まった。

それ以来、彼女を「お人形さん」などと嘲笑う者はいない。

「本当、才能はずば抜けてる子なのよね。もうちょっと働いてくれるとありがたいのだけど……」

苦笑しながら、シビーユは政務を再開した。

（バルカがこんなに頑張ってくれているのに、私が弱音を吐くわけにはいかないわ……）

近々、帝国から交渉の使節を招き、本格的な和平のとりまとめを行う予定だ。だが、その前にこちら側の条件を設定し、国内の各勢力の合意を取り付ける必要がある。

国王は外務を司る大臣や、交渉に長けた優秀な官僚まで引き連れて聖地巡礼に出かけてしまった。すべてはシビーユの手腕にかかっている。

今、彼女の頭を悩ませているのは、国内貴族たちの利害の調整だった。

帝国軍がカルケドに侵略してきた当初は、怯えて自分たちの領土でがたがたと震えていた貴族たちである。ところがその脅威が去った今になって、大きな顔をし始めたのだ。

(ああ、もう。面倒くさい……)

だが、何があろうと、必ずやり遂げなければならない。

絶対に、カルケドの平和は守り通す。

(でないと、六年前、バルカに言った言葉が、全部無駄になっちゃう。だから、絶対に……!)

浅緑色の瞳に、シビーユは強い決意を滲ませた。

3

バルカが率いるのは、副官のウルリカ、大工が十名と兵士五十名、それに教会関係者を含むウティカの住民二百名である。必要な物資の調達・運搬の手筈を確認し、現地へと出発した。

ウティカまでは数日かかる。民間人も多いので、無理のない計画を立てている。初日も二時間ほど歩いたところで、涼しげな森の木陰で休憩をとった。

「ちょっといいですかな、バルカ将軍」

兵士の点呼を終えたバルカに、聖衣を纏った老婆が声を掛けてきた。ウティカ修道院の院長だ。年の割に背筋はまっすぐで、瞳にも濁りはない。

「いいですよ。何か？」

「将軍に、この娘を紹介したいと思いまして」

院長の背後から、一人の女性がすっと前に出た。

バルカは息を呑んだ。

艶やかな銀髪のその女性には、純白の天使の翼が生えていたのだ。

（いや、見間違いか）

それはそうである。地上には、翼の生えた人間など存在しない。

だが一瞬、バルカの目には、本当にそう見えたのだ。

それくらい、彼女の可憐さ、美しさは群を抜いていた。

年齢は、バルカよりも少し上くらいだろうか。愁いを帯びた瞳は蒼氷色の輝きを帯びていて、白い肌は銀髪と相まって神秘のオーラで彼女を包んでいる。身につけているのは質素な修道服だが、それがかえって不思議な色気を醸し出し、見る者の心をかき乱してくるのだった。

「イシスと申します。よろしくお願いいたします、バルカさま」

どこか儚げな笑顔で、女性は挨拶した。

「……」

「あっあの、どうしましたか？」

「……はっ、いかんいかん！」

バルカは慌てて頭を振った。

「あなたのあまりの可憐さに、つい立ったまま気絶してしまいました。イシスさん、でしたね。素敵なお名前ですね」

「二年前に夫を亡くし、ウティカの修道院にお世話になっております」

「み、みみみ未亡人なんですね、イシスさんは」

柄にもなく、バルカは緊張した。

神に仕える身で、しかも未亡人。さすがのバルカでも、軽率に声を掛けていい相手ではない。

「といっても、夫はわたしより五十も年上で、結婚生活もたったの一日きりでしたが」

「どういうことです？」

「はっきり言ってしまえば、わたしは親に売られたんです」

「……！」

能弁なバルカがさすがに言葉を失うと、イシスは静かにうつむいて、自らの生い立ちを語った。

「わたしの生まれた家は貧しく、明日の食べ物にも苦労する有様でした。ところがある日、さる資産家の方がわたしたちの前に現れて、わたしにこうおっしゃったのです。お前が嫁に来れば一家の面倒は見てやるぞ、と。それに両親が飛びついたのです」

スケベじじいが、金の力で若い女に手を出したわけである。

「それでわたしは、会ったばかりの相手と結婚することになったのですが、でも新婚初夜、夫は心臓発作で死んでしまいました」

バルカは絶句した。

そ、それはあれだ。いわゆる腹上死というやつだ。若く美人な妻に舞い上がって、じいさんが無理してハッスルした結果の悲劇だ。

（いやでもじいさんが年甲斐もなく張り切るのも分かる……）

イシスが魅力的すぎるのである。修道服という地味な装いであるにもかかわらず、いやだからこそ、というべきか、彼女の肢体は色気に満ち溢れていた。ぱっつんぱっつんに張り出した胸、きゅっとくびれた腰、むっちりと膨らんだお尻が、これでもかというくらい激しく自己主張をしているのである。

（いやこの未亡人エロすぎでしょ……）

楚々とした振る舞いだからこそ、官能的な肉体とのギャップがヤバい。どうやらご本人には自覚がないようだが。

「そ、それはお気の毒でしたね……」

「夫を亡くしたとはいえ、まだ若いわたしには、他の縁談もありました。ですがもう結婚する気にはなれず、子を売るような親の元に戻りたいとも思わず、こうして修道院にお世話になっている次第です」

イシスが語り終えると、院長が穏やかな表情で、バルカに説明した。

「軍の皆さんと教会関係者の取り次ぎをする人間が必要だろうと思いまして、このイシスに頼むことにしました」

「な、なるほど……」

このミッション、引き受けてよかったと、バルカは心から思った。

「とにかく、これからよろしくお願いします、イシスさん」

なるべく爽やかな笑顔をつくって、バルカは言った。

「今度、一緒にご飯食べに行きましょう」

「ごめんなさい。わたしは神に仕える身なので、そういうのはお断りします」

儚げな表情のまま、きっぱりと、イシスはバルカの誘いを断った。バルカはしょんぼりして、隣のウルリカに耳打ちした。

「おかしくない？　食事に誘っただけなのに」

「日頃の行いが悪いからそうなるんです」

ウルリカがそう答えると、イシスは申し訳なさそうに説明した。

「ごめんなさい。実はシビーユ王女から『バルカは野獣みたいな奴だから、デートのお誘いは全部断ってね！』と言われているのです」

「ハハッ。シビーユちゃんったら、俺をイシスさんにとられたくないばかりにそんなデタラメを。焼きもちを焼くシビーユちゃんもカワイイネ」

「バルカさまはとても素敵な方だとお見受けしますが、そういうわけで……」

伏し目がちに、イシスは言った。

「デートはできませんが、よろしくお願いします」

春から初夏への移ろいの中で、朝の光は蜜のようにきらきらと輝いていた。心地よい西からの風が若い兵士たちの頬を優しく撫でると、道沿いの草花はそれに呼応するがごとく揺らめいて、ほのかな甘い香りを漂わせた。

バルカ率いる部隊は、ウティカ湖に向かう途上にある。帝国との戦いが一段落し、平和が戻りつつあることもあって、兵士たちの中にはちょっとした遠足気分の者もいる。

「バルカ将軍。質問があるのですが」

そんな一人であろうか。若い兵士が緊張した面持ちでバルカに声を掛けてきた。

十五、六歳くらいだろう。そばかすが目立ち、あどけない印象だ。

「ん？　どうした？」

いかにも真面目そうな若者である。何か仕事の悩みでもあるのか、と構えるバルカに、その兵士は言った。

「どうしたら、将軍みたいにモテモテになれますか⁉」

「……は？」

「バルカ将軍はきっとモテモテですよね⁉　どうしたらなれますか⁉」

「どうしたらモテモテになれるかだって⁉　俺が聞きてえよ！」

バルカはふてくされた。先日も、美人で巨乳の修道女に全力でお断りされたばかりだ。

「意地悪を言わず、教えて下さい！」

若者は、真剣そのものだ。困惑するバルカに、しつこく食い下がった。

「おいおいラザロ。バルカ将軍相手に、それは禁句だぜ」

にやにやしながら、髭面の兵士がその若い兵士をバルカから引き剥がした。

憮然として、バルカは十人隊長の一人に問いかけた。

「何なんだあいつ。俺に対する嫌みか？」

「いや、あのラザロって奴はちょっと天然でして。バルカ将軍は国じゅうの女たちからモテモテだと、なぜか信じているんです」

笑いをこらえながら、十人隊長は説明した。

「まあ将軍は顔は悪くないし、救国の英雄だし、そこだけ見れば、確かに誤解してもおかしくないですわな」

最近補充されたばかりの新兵であるらしい。だからバルカのことをよく知らないのだ。

「つまり、俺がモテないのは俺のせいではなく、世界が間違ってるということだな」

都合良く解釈して、バルカは己を納得させた。

バルカから離されたラザロは、髭面の先輩に何やら説教をされている。どうやら彼は、命じられた仕事をうっかり忘れてしまっていたらしい。真面目そう、という第一印象とは、実態はかなりずれているようだ。先が思いやられそうである。

「ま、頑張ってくれや。これから大変だぞ」

新兵にとって、覚えるべきことは多い。

戦う術さえ身につければいい、と誤解している者も多いが、兵士の仕事は多岐にわたり、いくつもの過酷な、あるいは複雑な業務をこなす必要がある。

補給物資を運ぶ荷車の運搬。野営陣地の構築。攻城兵器の組み立て。つるはしを手に塹壕を掘ったり、河に橋を架けることもある。基地に駐屯している場合は、見張り、部屋の掃除、倉庫の管理などの他、同僚の髪を切るとか、近隣の村に酒の調達に行くといった雑務もある。馬を洗って、糞の始末もしなければならない。必ずしも戦闘ばかりが兵士の仕事ではないのだ。

「兵隊って、こんなことまでしなくちゃなんねえのかよ……」

腕っぷしが自慢の志願兵の中には、むしろそうした雑務が苦手で心が折れてしまう者も多い。彼らの心のケアも、最高司令官としてのバルカの大事な責務だ。

ちなみに。

「なあ。どうして俺がモテモテだと思った？」

ようやく説教から解放されたラザロをつかまえて、バルカは訊ねてみた。ラザロは迷いなく答えた。

「僕が女性だったら、確実に将軍に惚れていたからです！」

「お、おう……」

喜んでいいものか。何とも言いがたい返答に、バルカは顔をしかめたのだった。


ちょうどその頃。

「見えたぜ、南の島！」

晴れわたった空。紺碧の海。その向こうに、ぽっかりと浮かぶ緑の島。

甲板の上でそれらを眺めているのは、バルカ配下の百人隊長・アリュバスと、彼の部隊に属する兵士たちであった。

半年もの間、帝国軍と戦い続けた彼らである。戦争が事実上終結したタイミングで一ヶ月のバカンスを要求したところ、バルカの許可が出たのだった。

「バルカ将軍は太っ腹だぜ」

「いいんですかね。将軍閣下は忙しく働いてるのに、オレたちはこんなところに来てて」

「あっちはウルリカちゃんがいるだろ。毎日がデートみたいなもんじゃねえか」

アリユバスが吐き捨てた。ウルリカがラネールの妻子を連れ出すために帝都へ潜入した際、護衛として同行したのが彼である。上官と同じくらい女好きのアリユバスは、その機会をとらえて熱心にウルリカを口説いたが、不首尾に終わったのだった。

「ウルリカちゃん、健気でかわいいっスよね」

「やっぱ彼女って、バルカ将軍のことが……」

「でも、バルカ将軍は王女殿下に夢中なんだろ？」

「報われねえな、ウルリカちゃんの恋」

好き勝手に、兵士たちはバルカの副官の話題で盛り上がった。

「え、ウルリカさんの意中の人って、バルカ将軍なんですか？」

「俺がしつこく口説いても駄目だったんだぜ？」

若手兵士の質問に、アリユバスは自信たっぷりに答えた。

「好きな男がいるのは間違いない。だとすれば、相手は間違いなくバルカ将軍だろうよ。あの子、口を開けばバルカ将軍の話だものな。本人は全力で否定するかもしれんが、ありゃ、恋だよ。癪だから、上官どのには教えてやらねえけどな」

「そうかなあ。決めつけるには早計って気がしますけど」

「アリユバス隊長は自分がフラれたもんだから、そういうことにしたいんスよ」

船は、まもなく島へと到着する。荷下ろしの準備を始めるために、兵士たちは船内の点検を開始した。船底に見慣れない物資が積まれていることに気付いて、一人の兵士が声を上げた。

「隊長、この荷物、なんスか？」

「ああ、それか」

アリュバスは頭を掻いた。

「出発前に、バルカ将軍に持っていくように言われたんだよ」

「何だって、こんなものを？」

「知らん。あの人、時々わけの分からねえことを言いやがるんだ」

この夏のバカンスすら、バルカの壮大な戦略の一環であることを、彼らはまだ知らない。

4

数日後、バルカ一行はウティカ湖のほとりに到着した。

ウルリカが喜色満面、歓声を上げた。

「うわあ、いい眺めですね！　そう思いませんか、バルカ将軍？」

「お前、廃墟マニアなの？　にしても不謹慎だぞ？」

　前方に広がる教会と周辺の施設、集落は帝国軍の略奪に遭い、見るも無惨な状態だ。柱は崩れ、壁は焼け落ち、残った部分も灰と煤に塗れている。まさに「廃墟」である。

「ち、違いますよ！　太陽の光を反射して、青く輝くウティカ湖。背後にそびえる雄大な山々。それがとても美しくて、風光明媚だと言っているんです！」

　確かに、ウティカ湖とその周辺の景観は、とても素晴らしい。初夏の暖かな風に吹かれて、青や赤、紫の花が咲き乱れ、小鳥やミツバチが可憐な姿を見せている。色彩の豊かさに心が洗われるようである。だからこそ聖地として選ばれ、観光でも栄えているのだろう。

「なるほど。シビーユの奴が『バルカと結婚式を挙げるなら、こういうロマンチックな場所がいいな！』って言ってるのも、頷けるな」

「そういう言い方はしておられないと思いますが」

　バルカたちの視界の先にあるのが、歴史と伝統ある『ウティカ湖の聖教会』だ。著名な建築家が古代様式で設計した荘厳なつくりで、眩いステンドグラス、規則正しく建てられた無数の円柱、美しいアーチを描いた天井などが特徴だ。だが、ガラスというガラスはすべて砕け散り、円柱も所々が欠けている。隣に建てられた木造の礼拝堂は、火災に遭ったらしく黒く焦げている。

「めちゃくちゃしていったな、帝国軍」

「バルカ将軍に何度も完敗して、その腹いせにやったみたいです」

「俺のせいかよ！」

ウルリカの一言にバルカが憮然とすると、イシスが静かに銀髪を揺らした。

「バルカさまが帝国軍を追い返して下さったから、私たちは修道院に戻ることができるのです」

儚げな笑みを浮かべるその姿は、まるで本物の天使である。

「その上、教会や修道院の修復まで手伝って下さるなんて……。バルカさまには、本当に何とお礼を言ったらいいか……」

「いやいや、それほどでも」

バルカは、照れた。美女に感謝されるのだから、頑張った甲斐があるというものである。

「わたし、バルカさまにどう報いたらよいのでしょう？　バルカさまのためなら、わたしは何でもいたしますわ」

バルカは息を呑んだ。今、イシスはとんでもないことを言わなかったか。

「な、何でも……？」

「はい。どんなことでも、申しつけて下さいませ」

……ちょっとこの人、無防備すぎないか。

こんな目の覚めるような美女に、どんなことでも、と言われると、よからぬことを考えてしまうのが男の性だ。バルカがそうしないのは、必死で自制しているからなのである。

「あの、イシスさん？」

「はい？」

「あまりそういうことは、男の人の前で言わない方が」

「え？　なぜです？」

この人、自分のエロさに自覚がないのである。困ったものである。

もちろん、バルカとしては、美女に好意を持たれるのはとても嬉しい。

嬉しいが、ここまで隙だらけだと、かえってやりづらい。兵士たちの手前もあるし、誰よりもウルリカが鬼の形相でこちらを睨んでいる。

「ああ、いや、それはまあおいといて」

言葉に詰まり、バルカは話題を変えた。

「さっそく、作業に取りかかりましょう。まずは瓦礫の撤去ですね。それから石材、木材を運び込んで……」

細かいところは、都から連れてきた大工たちが指示してくれるだろう。図面どおりにやればいいだけだ。シビーユの言ったとおり、そこまで難しい作業ではない。

すべてを完璧に元通りにするには何ヶ月もの作業が必要だろうが、まずは応急処置だ。

「ん？」

ふと、バルカはおかしなことに気付いた。ウルリカが反応する。

「どうしました？」

「人の気配……というか、つい最近まで人が生活していた形跡があるな」

大教会の前のちょっとした広場に、気になるものがあったのだ。

「ほら、あそこ、薪の燃えカスが残ってるだろ？　あっちには魚の骨とか、生ゴミが捨てられてる」

「じゃあ、誰かがここに住んでいたってことですか？　つい最近まで」

「最近どころか、今朝の食事の準備をした跡だぞ。たぶん、帝国軍の逃亡兵だろうな」

カルケドに侵攻した帝国軍の残党が野盗化して、廃墟となった聖地一帯をねぐらとしているのだろう。

「あたしたちの姿を見て、慌てて逃げたのでしょうか」

「それならいいんだが、まだその辺りに潜んでいるかもな」

だとすれば、ピンチである。大至急、兵士たちを集合させ、状況を説明した。

「あっ、そういえばオレ、あっちの方に人影らしきものを見ました！」

などと証言する兵士もおり、残党が潜んでいることは間違いないようである。

「どうやら、俺たちの様子をうかがいながら、包囲する気だな」

生活の跡から判断すると、数はこちらより多そうだ。何日も前からここで生活していたのなら、地形も正確に把握しているだろう。

何よりも、バルカたちは二百名の民間人を守りながら戦わねばならない。

「どうします？　状況、かなり不利なんじゃ？」

蒼ざめるウルリカに、なぜか、バルカは不敵な笑みを浮かべた。

「確かに、不利だな。つまり、ここから一気に逆転できれば、俺はめちゃくちゃカッコいいということだな？　思わず抱いてほしくなるな？　そうだな？」

「いやそれはないですけど、どうするんですか、バルカ将軍」

「戦って、蹴散らしてやればいい」

「ほ、本気ですか？　撤退した方がいいのでは？　さすがのバルカ将軍でも、何の準備もなく戦いに挑むのは、無理がありますよ」

バルカは頭を掻いた。紅い瞳を光らせて、前を向く。

「あのな。いつ俺が、何の準備もしていないなんて言った？」

5

半年前、ラコニア帝国は、圧倒的な大軍でカルケドに侵攻した。カルケドは小国で、しかも開戦の直前に国王が逃亡するという醜態を見せ、混乱の局地にあった。

楽な征服戦争のはずだった。だが、バルカという天才将軍の出現で、すべてが狂ってしまった。帝国軍は会戦で立て続けに完敗し、多くの仲間が異国の地に屍を晒すことになった。度重なる敗北に耐えられず、兵士たちは次々と逃亡した。

帝国には戻れず、今さらカルケドにも降れない。進退窮まった逃亡兵たちは、廃墟となった聖地をねぐらとする野盗に成り果てたのだった。

住民が逃亡した後の無人の集落に押し入って食糧をあさり、野生動物を狩ったり魚を釣ったりして飢えをしのいだ。通りかかった旅人や商人を襲って持ち物を奪った。そうしてどうにか生き延びてきたのだが、今日になって、突然、カルケド軍の先遣隊らしき集団が彼らの下へと近づいてきた。

「まさか、俺たちに差し向けられた討伐隊か？」

彼らは焦ったが、相手は数が少ない上に、民間人まで連れている。どうやらこちら側のことは何も知らないようだ。

「だとしたら、これはむしろチャンスだ」

逃亡兵とはいえ、彼らには「自分たちは栄えある帝国軍の一員である」というプライドがあった。元は帝国の正規兵だ。数で劣るカルケド軍などに後れはとらない。こいつらを皆殺しにして、戦場に倒れた仲間たちの無念を晴らそう。手柄を立てれば、帝国も逃亡の罪を不問にして、また自分たちを迎え入れてくれるかもしれない……。

教会の裏の茂みに身を潜めて、彼らはタイミングをうかがった。そして——。

「今だ！　挟み撃ちにするぞ！」

「憎らしいカルケド軍の奴らをボコボコにしてやれ！」

逃亡兵たちは奮起し、一斉に武器を構えてカルケド軍へと襲いかかった。

「応戦しろ！」

突然の襲撃を受け、バルカは声を振り絞った。

「円陣を組め！　抜刀し、盾を構えろ！」

五十名の兵士たちが、一斉に整列する。民間人を守るように、人の壁をつくって敵の攻撃を防ぐ。

「あいつが指揮官だ！　指揮官を狙え！」

こちらの動きを見て、バルカがこの部隊の指揮官であると見抜いたらしい。彼に向けて、敵兵が殺到した。

「バルカ将軍！」

悲鳴のような声を上げたのはウルリカだ。だが、無意識に発したであろうその声が、戦況に思わぬ変化をもたらした。

「バルカ将軍だと……⁉」

逃亡兵たちの間に、衝撃が走った。それは畏怖の叫びではなく、歓喜の声だった。

「こいつはいい。あのバルカ将軍か」

「カルケドの『不敗の名将』……。こんなところまでノコノコと、俺たちに殺されに来たか」

敵にとって、バルカは憎んでも憎みきれない仇敵である。その彼が自分たちの手の届くところにいると知って、敵の戦意は高まった。

「死ね、悪魔め！」

屈強な大男が、バルカに向けて大剣を振り下ろす。全身全霊を込めた渾身の一撃が、バルカをとらえた。

紫電一閃。

大男の大剣がバルカの頭に振り下ろされるよりも早く、疾風のように繰り出されたバルカの剣が、相手の首筋を正確に切り裂いていた。

どう、と音を立てて、帝国兵の巨体が倒れ込んだ。

「なっ、ばかな……」

鮮やかな腕前に、敵軍が動揺する。

「この程度、軽くいなせなくて伊達男が気取れるかよ」

バルカはせせら笑った。そもそも彼は、若くしてシビーユ王女の侍従武官を務めた身である。よほど剣の腕が立たないと、そのような任務は務まらない。

今度は、二人の帝国兵が同時にバルカに襲いかかった。極めて精度の高い連携で巧みにバルカの動きを封じるこの二人は、驚くべきことに、どちらも二刀流の剣士だった。自在に繰り出される四本の剣に、バルカは翻弄された。

「こりゃ、やべえ。天才イケメン剣士のバルカ様でも、ちょっとばかり苦戦しそうだな」

「『その減らず口も、直に叩けなくしてやるぞ！』」

二人の剣士が、異口同音に叫ぶ。奇妙なことに、二人の声色はまったく同一だ。よく見れば顔つきも酷似している。どうやら双子のようだ。

「双子か。うーん、ずるい。俺も面倒ごとは全部双子の弟に任せて、自分は女の子と遊んでいられる人生でありたかった。バルカくんに双子の弟がいないのは、実に理不尽だ」

「ほざけ、痴れ者が！」

激高した双子が、左右から怒濤の連続攻撃を繰り出した。双子だけあり、息が合っている。手練れ二人の完璧な連携が、彼らの必殺の戦法らしい。

「だが、甘いな！」

流れるような動作で、バルカは敵の一瞬の隙をつく。銀月のように煌めいて、彼の剣は場を席巻した。二すじの鮮血が舞い、双子はまたも同じ声で、それぞれの悲鳴を上げた。

恐るべき速度で、バルカの剣は兄と弟、それぞれの片腕を跳ね飛ばしたのだ。

「へっ、どうする？　まだ戦うか？　腕と剣は二本ずつ残ってるだろ？」

せせら笑うバルカをよそに、双子はその場に倒れ込み、もがき始めた。

もはや声を揃える余裕もないらしく、二人はそれぞれの呻き声を上げた。目を瞠るようなバルカの絶技に、敵の兵士たちは息を呑んだ。

「なっ……今のは何だ⁉」

「あんなの見切れるかよ。『不敗の名将』は、剣を持たせても達人なのか」

敵が戦意を喪失したのを確認して、バルカは味方に指示を下した。

「よし、全軍、後退だ」

数で勝る敵の攻撃を受け止め続ける余裕は、味方にはない。後退しつつ戦うのが上策といえるだろう。味方の防戦に綻びがないか確認するために、バルカは視線を巡らせた。

不意に、一本の投げ槍が、敵陣から飛来した。

その先にいるのは、新兵のラザロだ。先日、「どうしたらモテモテになれますか」などとバルカに訊ねてきた変わり者の少年である。

「危ない！」

とっさに、バルカは自身の剣を投げた。見事な半月を描いて、それは投げ槍を真っ二つに切り裂き、地面へと突き刺さった。死の淵から救われたラザロが、感謝の眼差しを向ける。神技を見せつけたバルカに、だが、帝国兵たちが目を光らせた。彼らにとって最も恐るべき敵が、武器を喪失したのである。

「やべ……」

再び、バルカに敵兵たちが群がる。倒れ込んだバルカに剣を突き立てるべく、野獣のような笑みを浮かべた男たちが殺到する。

「これは、まずいかも……」

さすがのバルカも焦りを覚えたとき、彼をかばうように、一人の少女兵が敵兵たちの前に立ち塞がった。

副官のウルリカであった。小さな身体で敵を遮り、毅然とした表情で、上官を殺そうとする者どもを睨みつける。

「どけ、小娘！」

苛立ったような帝国兵の声に、ウルリカはか細い声を震わせた。

「……殺させません」

「何……？」

「殺させないと言ったのです」

ウルリカは、声を張り上げた。アクアマリンの髪が、風になびいて揺れた。

「バルカ将軍は、この国にとって必要な方です。あたしが殺させません！」

「生意気な！」

激高した敵兵が、刃広の剣を天高く振りかざす。歴戦をくぐり抜けているであろう、いかつい片眼の男だった。

放たれた斬撃を、ウルリカは細身の剣で受け止める。だが、男の剛剣に対し、少女の力はいかにも弱々しい。細身の剣は根元から折れ、ウルリカは身を守る術を失った。

「死ね！」

再び放たれたその一撃は、ウルリカの生命(いのち)をいともたやすく奪うものと思われた。死を覚悟(かくご)して、ウルリカは目をつぶる。

「やめろ！　殺すなら俺を殺せ！　お前たちが憎いのはこの俺だろう⁉」

蒼ざめて、バルカが叫ぶ。彼の副官の運命は、もはや風前の灯(ともしび)だった。

だが。

男の攻撃がウルリカの肩(かた)を切り裂く、その直前。雷撃(らいげき)のごとき矢が、片眼の男の首筋に命中した。男が力なく倒れると、歓声が、味方から沸(わ)き上がった。目を見開いたウルリカは、何が起こったのか分からず、呆然(ぼうぜん)と辺りを見回している。

敵軍の背後にカルケド軍の装いをした男たちが集結しているのを、バルカの瞳がとらえた。味方の援軍(えんぐん)だ。

「バルカ将軍、ご無事で！」

「よう、間に合ったようだな」

形勢が逆転したのを悟(さと)り、バルカは息を整えた。声を張り上げる。

「援軍だ！　援軍が来たぞ！　今度はこちらが奴(やつ)らを挟み撃ちにする番だ！」

味方を鼓舞すると、バルカはその場にへたり込んだウルリカを助け起こした。

6

その後の戦いは、一方的な展開となった。

敵の不意を突いたカルケド側の援軍は、槍と剣で、敵兵を次々と蹴散らしていく。

「よし、マゴーネ隊は二手に分かれろ。左右から礼拝堂跡の裏に隠れた敵部隊を包囲殲滅するんだ。一兵も逃すなよ。セティ隊はこのまま森を一気に駆け抜けろ。敵の予備部隊がそこにいるはずだ。蹴散らせ」

突然現れた味方部隊に、バルカは的確に指示を下していく。まるで、彼らの出現を予測していたかのようである。

黒い旋風となって、マゴーネ隊、それにセティ隊が疾駆した。刃と刃が交わる音に、敵の断末魔の叫びが交錯する。汗と血の匂いが立ちこめる。

ウルリカが呆然としている間に、戦いは終わっていた。

気が付くと、敵は全員が戦死するか捕虜になっていた。確認できる限り、逃亡者はゼロ。一人も討ち漏らすことのない、完全勝利である。

「ど、どういうことですか⁉　何で都合よく味方がその辺にいるんですか⁉」

ウルリカは大混乱である。まるでバルカが魔法でも使ったように思えたのだろう。さっぱり訳が分からない、という面持ちで、彼女はバルカに詰め寄った。

バルカは笑って答えた。

「ああ、帝国軍との戦いが一段落したから、兵士たちが休暇もらっただろ？　で、その一部が、ちょうどウティカ湖までバカンスに来てたんだ。それで俺たちの危機に気付いて、駆けつけてくれたってわけ。いやあ偶然だなあ」

「そ、そんな都合のいい話がありますか！」

叫んでから、ウルリカはハッとする。そう、そんな都合のいい話があるわけがない。つまり、この援軍は……。

「全部、バルカ将軍の仕込みだったんですね」

紅い瞳に柔らかい光を浮かべ、バルカは頷いた。

帝国軍の侵攻開始からこれまで、敵の数の増減は、密偵を使ってすべて把握していた。戦死したり捕虜になったりした以上の敵兵の減少があれば、兵士の脱走があったと推測できる。

「逃亡兵たちの心理、食糧事情に地形図を重ね合わせれば、自然と彼らが今、このウティカ湖の辺りにいると予想できる。だからそれを想定して、逃亡兵たちが待ち構えていても対処できるようにあらかじめ手配しておいたんだ」

「そこまでしていたとは……『不敗の名将』の異名は伊達じゃないですね」

ひとしきり感服した後、ウルリカは、険しい目つきをした。

「……で、どうしてまた、あたしには黙ってたんですか？」

「う〜ん、サプライズ？」

「だから、そういうサプライズはいりませんって言いませんでしたか？」

「まあまあ、ウルリカさま」

眉をつり上げる副官をなだめたのは、修道女のイシスだった。

「バルカさまは、ウルリカさまに気を遣わせたくなかったのです。ですよね、バルカさま」

イシスは天使の微笑みを浮かべている。バルカは頷いた。

「あくまでも、予防措置だった。俺たちが到着するまでに、敵が移動している可能性もあったし、交渉して身の安全を保障すれば、大人しく降伏してくれることだって考えられたからな。その場合、あの兵士たちはのんびりとキャンプを楽しんで終わりになるだけのはずだった。俺としては、その方がよかったんだが」

敵がいきなり襲ってくるという展開は、あまり望ましいことではなかったが、念のため準備していた布石が役に立ったというわけである。

「ということは、もしかして他にもいろいろと策の準備をしていました?」

「まあ、そうだな。最悪のケースとして、敵が在地豪族と結託している場合も考えていたな。その場合は、敵を同士討ちさせる計略が有効だ。敵が砦を築いていたり、俺たちをいったんやり過ごして気が緩みかけたところを狙ってくる可能性もあった。二十通りくらいの状況を想定して、そのすべてで対応できるように手は打ってある」

「どれだけ用意周到なんですか、あなたは……」

「ま、おかげでウルリカの俺への愛が確かめられたから、よしとするか」

「は⁉」

「『バルカ将軍は、この国にとって必要な方です。あたしが殺させません!』……だっけ?」

ウルリカは、かあっと顔を赤らめた。

「嬉しいねえ、ウルリカが俺のことをそんなに必要としてくれてるなんて」

「こ、この国にとって、と言ったんです。あたし自身にとっては、あなたなんて一切必要ありませんから!」

強い言葉で否定して、ウルリカは自分の言葉に動揺した。

「い、いいえ、一切……なんてことはなくて、やっぱりその、あなたのことはとても大事な上官だとは思っていますが……」

「とても大事な……そうか、俺のことを、ウルリカはそんなに……」

「う、うるさいです。それよりバルカ将軍こそ、何て言いました？」

「ん？」

「あたしがあの片眼の男に殺されそうになったとき、必死の形相で叫んでいましたよね。えっと確か、『やめろ！　殺すなら俺を殺せ！　お前たちが憎いのはこの俺だろう⁉』でしたっけ」

「……」

記憶が曖昧だが、確かにそう叫んだ気がする。

「『不敗の名将』ともあろうお方が、ずいぶんとヒドい取り乱しようでしたよね」

「ソ、ソウダネ……」

「あたし、バルカ将軍があんなに動揺するところを初めて見た気がします。あなたでも、慌てることってあるんですね」

命懸けの戦場である以上、どれだけ完璧に準備を整えても、アクシデントは常に発生する。ヒヤリとしたのは事実だった。

「不覚だ。どんな難局でも常にクールに乗り越えるのが、バルカくんだったのに……」

つい、いじけてしまうバルカだった。

「でもそれだけ、あたしのことを心配して下さったんですよね。嬉しいです。それに、かっこよかったです」

「お、おう……」

バルカが言い淀むと、聖母のような笑顔で、イシスがしみじみと呟いた。

「お二人は、お互いのことを本当に心配なさっておられたのですね」

ウルリカはとても有能な副官である。事務処理能力に優れ、判断は的確、何でも器用にこなしてくれる。しかも、かわいい。

バルカにとって、かけがえのない存在なのは確かだ。

「お二人の信頼関係が確認できて、わたしはよかったと思います。でも、私見を述べるなら、バルカさまはもっとご自分のお気持ちをちゃんとウルリカさまにお伝えするべきです。でないと、ウルリカさまがいつも不安になってしまいます」

そう言って、イシスは半歩下がった。

「さあ、バルカさま」

イシスの口ぶりは穏やかだが、有無を言わせない妙な迫力がある。バルカは、少しだけ目を逸らして、ウルリカと向き合った。

「作戦を伝えていなかったのは、悪かったよ。謝る。だけどお前もあんまり無茶すんな、ウルリカ。心臓が止まるかと思ったぞ」

ぽんぽん、とバルカはウルリカの頭を撫でた。

「でも、ありがとな。さて、教会の修復作業に戻ろうか」

水色の髪をくしゃくしゃにされたウルリカは、少しだけ迷惑そうな顔をしていた。

7

復興作業は、思いのほか順調に進んだ。

援軍として駆けつけてくれた休暇中の兵士たちが、手伝ってくれたからである。

「お前らはバカンスに来てんだろ。もういいから休暇に戻れって」

そうバルカは促したが、

「いやいや、俺たちも手伝いますって！」

「水くさいですよ、バルカ将軍。将軍のためなら、俺たちは何だってやりますから！」

「帝国軍に故郷を追われたかわいそうな人々のために、みんなで力を尽くそうぜ！」

兵士たちはそう言い張って、争うようにして教会や修道院、商店や民家の修復作業に精を出した。

……おかしい。

バルカの知るカルケド兵たちは、こんなに働き者ではなかった。帝国軍との戦いのときも、彼らの士気を維持するために、どれほど苦労したことか。

休暇中のはずの兵士たちが、妙に張り切っている理由。

それは、イシスであった。

「皆さん、お疲れさま」

パンや水を抱えたイシスが兵士たちの前に現れると、歓声が爆発した。

「イシスさん！　いつ見ても天使だ！　いや女神だ！」

「うおおおお！　オレは！　イシスさんのためなら！　徹夜も余裕！」

「俺、生まれ変わったら椅子になりたい。ウティカ修道院にぞんざいに置かれた椅子になって、イシスさんに腰掛けられたい」

とてつもない人気であった。皆、イシスのために奮起しているのである。シビーユ王女と並べて、『カルケドの二大女神』と呼ぶ者すら現れている。

「何だか、すごいことになったな……」

これを期待してイシスに軍との取り次ぎをさせたのだとしたら、修道院長も大した策士だ。バルカはそう思った。

「あの、皆さん、困ります。順番に、落ち着いて……」

殺到する兵士たちに、イシスは困惑している。むさくるしい野郎どもにも分け隔てなく笑顔を振りまくその姿は、確かに女神と呼ばれるにふさわしいものがあった。

こうして、わずか五日という信じられないスピードで、『ウティカ湖の聖教会』とその周辺の施設や集落は、ほぼ元通りに復旧した。

この出来事は、後世、『ウティカの奇跡』と呼ばれ、それを引き起こしたイシスは『ウティカの聖女』として讃えられることになるが、それはまた別の物語である……。

8

暁光が、ウティカ湖をきらきらと黄金の色に照らしていた。山々から運ばれてくる涼やかな風に乗って、心地のよい小鳥のさえずりや木々の揺れる音が聞こえてくる。

眩さに目を細めながら、バルカは呟いた。

「いい眺めだな。ずっとここにいたいくらいだ」

だが、そういうわけにはいかない。すべての作業を終え、バルカたちはこれから王都へと帰還するところなのである。

兵士たちの点呼を取り、出発の準備をさせているバルカに、イシスが声を掛けた。

「ありがとうございます。本当に感謝しています、バルカさま」

この地に留まる聖職者たちには、なすべきことが山ほどある。だからバルカは、大げさなお別れの機会をつくることを断った。見送るのは、イシスひとりで十分だ。

「もしかして俺に惚れちゃいましたか、イシスさん？」

白い歯を見せて、バルカは笑った。日々をともに過ごすことで距離を縮めることができたので、この程度の軽口は叩ける仲になっていた。

うつむきがちに、白い頬をほんのりと染めて、イシスは言った。

「はい。バルカさまは、カルケドで一番素敵な殿方です」

蒼氷色の瞳が、わずかに潤いを含んでいる。

「とても素敵な……わたしの憧れの方です……」

儚げに呟くイシスは、今にも泣きそうな顔をしていた。

「おい聞いたか、ウルリカ？　俺ってモテモテじゃん。いやあ照れるな」

いつものように軽口を叩きながら、だが、バルカは若干の違和感を覚えていた。

(あれ……? これ、ガチのやつじゃん?)

イシスの眼差しは真剣だった。思い詰めているようにすら、感じられる。

女の子には、モテたい。美人にモテるのは、嬉しい。それはそうなのだが。

「本当に、お会いできて嬉しゅうございました、バルカさま」

ついに、イシスの瞳から、大粒の涙が零れ始めた。

(え? え? これ、どうしたらいいんだ?)

バルカは戸惑った。

彼にとって、モテる男とは――。

「あーん、バルカ大好き! 超愛してる!」

「フッ、モテる男はつらいぜ」

「ねえねえ、デートしよ! いいでしょバルカ?」

「駄目よ、バルカはあたしとデートするんだから!」

こんな感じで、明るい街娘たちに、きゃあきゃあ言われるイメージなのである。それが
バルカの理想とするモテ方である。

ところが、イシスが彼に向ける視線は、そういうものとはまるで異なっている。街の遊

び慣れた娘たちとは違う。軽率な対応をすべきではないだろう……。

「ですが、ここでお別れです、バルカさま」

バルカが黙っていると、イシスはそう切り出した。

「わたしは神に仕える身ですから、ここを離れるわけにはいきません」

イシスは、儚げに笑った。銀色の髪が、朝日に照らされて輝いた。

「バルカさま。シビーユさまのことを、大事になさって下さい。これからも、シビーユさまをお支え下さい。ありがとう、お元気で」

それが、イシスの別れの言葉だった。バルカも彼女に別れを告げて、一行は王都に向けて出発した。


緑豊かな山道を進みながら、ウルリカはバルカに声を掛けた。

「イシスさんのこと、いいんですか？」

「へ？　何が？」

「だって、明らかに彼女、バルカ将軍に惚れていたじゃないですか」

ウルリカが指摘すると、バルカは黙りこくった。

「黙って俺についてこい。そう言っていたら、多分ついてきたと思いますよ」

むしろ、そう言われるのを待っていたのでは。ウルリカはそう思う。

「従軍聖職者が空席ですし、彼女をつれてきてもよかったのでは？」

「お前、俺とイシスさんをくっつけようと思ってたわけ？」

「違います！　違いますが、イシスさんの気持ちを考えたら……」

「俺はフラれたのさ」

ウルリカの言葉を遮るように、バルカは言った。

「ここでお別れです、って彼女はきっぱり言ったんだ。だから、そう、俺がフラれたんだ。そういうことにしておいてくれ」

「それがバルカ将軍にとっての、男の美学ってやつなんですね。面倒くさい人ですね」

少しずつ、ウルリカにも分かってきた。

女の子にモテたい。

とにかくモテたい。

いつもそう言っているバルカだが、実は彼の心の中には、すでに一人の女性が住んでいるのではないか。

彼の行動のすべては、常に彼女のためにあるのではないか。

か。

薄々と、ウルリカはそのように思い始めていた。

イシスも同じことを考えたのではないか。それを理解したから、身を引いたのではない
それを「俺がフラれた」ということにしたのは、バルカなりの配慮なのだろう。

「あたしはバルカ将軍に、ずっとお供させていただきますよ」

ウルリカがカルケド軍に志願したのは、両親を殺した帝国への憎しみがあったからだ。

むしろ、それしかなかったといっていい。

当然、帝国との戦争は、彼女にとって重く苦しいものになるはずだった。

ところが、上官として赴任した男は、信じられないほど軽率で、楽天的で、女にだらしないどうしようもない男だった。ところがそんな男が、憎い帝国軍相手に連戦連勝を重ねるのである。ウルリカとしては、ペースを乱されっぱなしだった。

このろくでもない上官のことを、自分はどう評価しているのか。正直、自分でもよく分からない。腹立たしく思うことがある一方で、彼のそんな気質に、救われることも多い。

しばらくはこの人と一緒にいよう。そして、この人の戦いの行く末を見届けよう。ウルリカは、そう考えているのだった。

「お前が俺のお供をするのは、当たり前だろ?」

何を言っているんだ、とバルカの紅い瞳が語っていた。

「だって、お前は俺の副官なんだからな」

そう言ってバルカは、気恥(きは)ずかしそうに焦茶色(こげちゃいろ)の髪をかきむしった。

第三章

1

ハマヒルガオが、薄桃色の花をつけている。

聖メルカルト宮の、海に開けた美しい庭園だ。涼しげな風が、潮の香りを運んでくる。

人魚をかたどった噴水。新緑色の蔓で覆われた小さなあずまや。この優美な空間が、シビーユはたまらなく好きだった。ここにいると、まるで時が止まったかのような感覚に陥るのだ。幼い頃の忘れられない思い出も、つらく悲しい知らせを聞いたあの日の記憶も、全部ここにある……。

「というわけで、聖地、復興させてきたよシビーユ！　結婚して！」

花を愛でていたシビーユのもとに、バルカがウルリカを引き連れて駆け込んできた。感傷的な気分を壊され、シビーユはむっとして彼を叱りつけた。

「ちょ、ちょっとバルカ！　花、踏んづけてるわよ！」

「え？　ああ、すまん」

慌てて一歩下がるバルカに、シビーユは溜息を吐いた。

「本当、デリカシーないんだから……」

「だから、悪かったって。だけどシビーユの命令はばっちりこなしてきたぜ？　『ウティカ湖の聖教会』、見事再建させてきたよ！」

バルカは得意げに胸を張る。シビーユは驚いて、浅緑色の目をぱちくりさせた。

「は、早いわね……」

「だろ？　さすがバルカくんだろ？」

「うん」

シビーユはバルカの能力を全面的に信頼している。この程度はそつなくやってくれるだろうと期待していたところだが、それにしても手際がいい。

「そ、それより、帝国軍の逃亡兵たちと遭遇したんですって？」

シビーユ自身、情報収集は怠りない。独自の情報網からそれを把握したのは、バルカたちがウティカ湖へと旅立って数日後のことだった。

「私、急いで伝令をあなたの下へ向かわせたのよ？　でも、到着した頃にはもう敵の処理は片付いていたみたいね。さすがバルカだわ」

「そうだろう、そうだろう！　もっと俺を褒めてくれ！　そして結婚しよう！」

　この流れはまずい。完全にバルカのペースだ。だが、彼に主導権をとられるわけにはいかないシビーユだった。

　バルカには、まだやってもらわなければならないことがあるのだ。

「ま、まだよ。まだ駄目よ……」

「どうしてさ？」

「今、和平交渉をまとめているところなの」

「あれ？　まだ終わってなかったの？」

　今度は、煽ってくるバルカだった。

「もしかして、交渉が難航しているのか？　俺がバリバリ働いてるのに、王女殿下はずいぶんとのんびり屋さんなんだな？」

「そう、交渉は進んでいないわ。あなたのおかげでね」

　鋭く、シビーユは切り返した。ここで話の主導権を奪わねば。

「帝国は、裏切り者のラネール将軍を引き渡せって要求してきたの」

「あ……」

　帝国側からすれば、もっともな要求である。ラネールが寝返ったことでイトリア砦もカルケドのものとなり、帝国側は怒り心頭である。

「もちろん拒否したわ。いくらあなたが騙して降伏させた相手とはいえ、こちらに忠誠を誓った人間をそんな無下にもできないでしょ。だから代わりの条件を呑むことにしたんだけど、そしたら今度は国内の貴族たちが文句を言い始めたの」

「貴族たちをなだめないと和平ができないわけか」

「というより……」

シビーユは表情を曇らせた。

「貴族たちはもう兵を集めているわ」

「は⁉」

「メネス公が中心になって、反乱軍を組織しているわ」

「えええ！」

「大軍を集めて、王都に攻め上がる気よ」

「そんな余力があるんなら、帝国軍が侵略してきたときに頑張れよ！　うちの貴族ども、ろくでもなさすぎだろ！」

呆れ返るバルカの姿に、シビーユは、にんまりと笑った。

「というわけで、討伐お願い」

「……お前さあ、何でもかんでも俺に押しつければいいと思ってるだろ？」

「首謀者のメネス公、知ってるでしょ？」

「ああ、あの脂ぎったおっさん」

「そう、その脂ぎったおっさん」

メネス公はカルケドの有力貴族である。年齢は確か四十代後半くらいだが、いまだ未婚である。シビーユを見つめる視線が妙にねちっこく、彼女はこの男が嫌いだった。

「脂ぎったおっさんは、私と結婚したいの。私と結婚して自分が次のカルケド王になるつもりなの。だからあなたが邪魔なのよ」

今、王都で一番の話題は、シビーユの結婚問題である。シビーユがバルカに結婚をほのめかしていることは、二人の他にはウルリカとエリッサ、ラネールくらいしか知らない話だ。だが、どういうわけか市民たちは、「王女は、バルカ将軍と結婚するつもりなのでは？」と、盛んに噂しているようなのだ。

「まさかあなた、自分で言いふらしてるんじゃないでしょうね？」

「そんなことしてねえよ」

バルカの紅い瞳は、シビーユをまっすぐに見つめていた。

「たぶん、自然発生的に出てきた噂じゃないか？　美しい姫と、平民出身の天才イケメン常勝将軍のラブロマンス。いかにも民衆が好きそうだもんな」

「自分でイケメンとか言うの、滑(すべ)ってるから止めた方がいいわよ」

「お前だって自分のことかわいいとか美人とか言ってるじゃねえか」

「それはキャラに合ってるからいいの。あなたが自分でイケメンとか言うと、せっかくの二枚目が三枚目キャラになっちゃうわ。で、どうなの？　かわいいシビーユちゃんと結婚したくてたまらないバルカくんは、当然、メネス公の野望を粉砕(ふんさい)してくれるわよね？」

「今その話聞いて思ったんだけどさ……」

バルカは腕組(うでぐ)みをして唸(うな)った。

「シビーユと結婚するってことは、次期カルケド国王になるってことだよな？」

シビーユは、カリュメドン王の一人娘(ひとりむすめ)。息子(むすこ)がいれば息子が次の王になるはずだが、王には子がシビーユしかいない。王家のしきたりでは女子は王位に就(つ)けないので、必然的に王女の夫が次の王となる。だから、メネス公などは彼女と結婚したくて必死なのだ。

「めんどくさいな、国王とか」

とんでもないことをバルカは言った。メネス公やユグルタ公は王様になりたくてなりたくて仕方がないのに、この男はそれを……。

「だから俺、やっぱやめよっかな、お前との結婚」

シビーユは悟った。これは、駆け引きだ。バルカはシビーユのいいなりになりたくなくて、わざとゴネているのである。

だが、この展開も、シビーユは想定済みである。

「何言ってるの。国王になれば、モテるわよお」

「な、何だと……⁉」

「愛人なんて作り放題よ。毎晩、複数の美女をとっかえひっかえよ。ハーレムマスターを目指せるわよ」

「で、殿下⁉　何言ってるんですか⁉」

ウルリカが仰天して声を荒らげた。

「あら、いたのウルリカ」

「最初からいましたが⁉　それより、どういうことですか。あ、あ、愛人って……」

「え？　私、愛人全然オッケーだけど？　むしろ、夫にするならモテモテな方が嬉しいけど？　女にモテない、魅力のない男なんて願い下げだけど？」

私は余裕のある女よ、と言わんばかりに、シビーユはふふん、と笑った。

「どう？　国王になってモテモテになりたくない？」

するとバルカは、急に真顔になって呟いた。

「……いや、お前と結婚したら、もう女遊びなんてやらねえよ。すっぱり止める」

「と、突然どうしたんですかバルカ将軍⁉　何か悪いものでも食べたんですか⁉」

またも、ウルリカが目を丸くした。

「いい心がけだけど、メネス公が反乱に成功したら、私はメネス公と結婚させられるのよ？　本当にそれでもいいの？」

バルカは顔をしかめた。

「……確かに、あんな脂ぎったおっさんがお前と結婚とか、想像するだけで腹が立つな」

「でしょ？　それに、ああいう脂ぎったおっさんは、きっとイケメンに偏見や嫉妬心を持ってるわよ」

シビーユは、さらに駄目押しした。

「イケメン禁止令とかが出されて、バルカみたいなイケメンは弾圧されそう」

「そ、それは困る……。ほら、俺って超がつくほどのイケメンだから」

「ああ、かわいそうなイケメンのバルカ……」

「生まれ変わるなら、いっそブサメンに生まれたい……」

悲劇役者気取りで、わざとらしくよよと泣き崩れるバルカとシビーユ。

「何だこの二人……」

呆れるウルリカの横で、何事もなかったかのように立ち上がったバルカが、はあ、と溜息を吐いて呟いた。

「まあ、しゃあねえな。色々思うところはあるけど、メネス公の好きにさせるわけにはいかないのは分かった。だからお前の思惑に乗ってやるよ」

「さすがは私のバルカね♪」

シビーユはにんまりと笑った。色々と不平は言うが、最後は必ずシビーユの言うことを聞いてくれる。それがバルカという男だった。

2

港のほど近くに、その市場はあった。

カラフルな露店が立ち並び、朝早くから、親子連れや若いカップル、老人、兵士、船乗り、外国人と、多様な人々でごった返している。

通称を『世界の風』市場というこの区域には、色彩豊かな商品が山と積まれている。パン、野菜、果物、魚、オリーブ油。いずれも生活に欠かせない。それにワイン、紅茶、珈琲などの嗜好品。衣料品店も多く、巻衣型の普段着や薄手の外衣、つばの広いフェルト製の帽子や革製の編み靴がよく売れているようだ。芸術性の高いガラス杯や香油瓶、さらにはラピスラズリの首飾りや翡翠の指輪、ターコイズの耳飾りを並べる店もある。他にも横笛や竪琴を扱う楽器店や、子ども相手の菓子屋など、そのバリエーションは豊富である。

噴水の周りには通行人の喝采を浴びる大道芸人、道端にはコマ回しに興じる子どもたちの姿も見える。カルケドの街にはすっかり平和が戻っている――かに見える。

その賑わいの中を、バルカは副官のウルリカと練り歩いていた。

「何ですか、これ」

金色の瞳の少女は、困惑していた。珍しく、かわいい赤のスカートを穿いている。

「どうしてあたしが、バルカ将軍と二人きりでこんなところに来なきゃいけないいんですか。これじゃまるで、デ、デ、デ、デートみたいじゃないですか！」

バルカは、焦茶色の髪に包まれた頭を掻いた。「視察に行くぞ、副官」とウルリカを呼び出したのだが、確かにデートが目的と言われても否定はできない。

「嫌か？」

「当然です！」

しかも、ウルリカがそれなりにおめかししてきたのに対し、バルカはいつも通りの軍服姿である。野暮と言われても仕方がない。

「飴玉でも買ってやるから、機嫌直せ」

「いりませんよ」

おいしいのに、と呟くバルカを、ウルリカはジト目で睨みつけた。

「視察を口実に、あたしを連れ回したいだけなんじゃないですか？　こんなことをしている場合じゃないと思いますけど……」

ウルリカの疑惑はもっともだ。バルカとしては、ウルリカとデートをしたいという下心は、確かにあった。あったが、視察も嘘ではない。

「お前さあ、軍人は軍事のことだけ考えていればいい、って思ってるだろ？」

「違うんですか？」

「市場の動向を探れば、見えてくるものがあるんだよ。例えばほら、先月まではあれだけ不足していたオリーブ油が、ちゃんと市場に並んでるだろ？　あれは、帝国との戦争中は停止されていたルメリア共和都市連合との交易が再開された証拠さ」

バルカが指摘すると、ウルリカは黙りこくった。

「同様に、馬市場にいる馬がよく肥えているのは、ファールス草原国がうちの国に名馬を積極的に供給しているからだ。今なら高く売れる、と踏んでいるんだろうな。奴ら、カルケドで内乱が起きることを読んでるぞ」

貴族どもと戦っている間に、また外国が攻めてきたら困る。だから諸国の動きを、市場を通して観察しようというのがバルカの意図だったのだ。

「戦争ってのは、経済の延長であり、外交の延長でもあるんだ。社会のどの要素も、それだけを単独で切り離して見ることはできない。軍人こそ、軍事以外のことにも目を配るべきなんだ。よく覚えておくんだな」

「な、なるほど……」

気圧されるように、ウルリカは頷いた。

「そう説明されると、もっともな気もしてきます」

「ま、師匠の受け売りだけどな。お、これはうまそうだな」

不意に、バルカは露店の串焼きを手に取った。恰幅のいい店主のおじさんに青銅貨を渡し、焼きたての羊肉にかぶりつく。

「おお、これはイケる！」

つい、頬をとろけさせるバルカの横で、ウルリカが物欲しそうな顔をした。急に呼び出されたので、まだ朝食を食べていないのだろう。

「どうした？　これも視察の一環だ。お前も、自分なりの視察をしてみるといい」

不意に、ぐう、とウルリカのお腹がかわいく鳴った。

「じゃ、じゃあ……」

ウルリカは、通りの向こう側を指さした。

「あそこに、おいしいスイーツの店があるのにも、何か理由が……？」

「もちろん、ある。あれは、甘いものが大好きなウルリカを誘惑するために、ずる賢い悪魔がこしらえたんだ。ちょどいい。買ってやるよ」

再び青銅貨を取り出して、バルカは二人分のお菓子を購入した。アンズとヨーグルトを柔らかいパン生地で包んだ菓子である。

「どうだ？」

「こ、これはなかなかいけますね。あ、これはあくまでも視察です、視察！」

「そうだ、その調子だぞ、ウルリカ」

「で、次はどこを視察しましょうか、バルカ将軍」

二人はいくつかの露店を「視察」し、空腹を十分に満たした。ウルリカは小柄だが、食欲は人一倍旺盛である。バルカの財布はみるみる軽くなっていった。

「お前な、ちょっとは遠慮しろよ……」

「し、視察ですから、必要経費です。で、この後は？」

「まずは港に向かい、船の出入りを調べる。その後は貧困街に出向いて、治安の調査だ。

そして夜になったらお待ちかね、繁華街に繰り出して、綺麗なお姉ちゃんのいる店を……って、いててて、足、足を踏むな！」

「そういう、いかがわしい店に顔を出したら、将軍としての品格に疑念が持たれます！」

「固いこと言うなよ」

足を押さえながらバルカが抗議すると、ウルリカは意外なことを言い出した。

「いつも個人の魅力で勝負するのが、バルカ将軍のいいところです！　お金の力で女の人にちやほやしてもらうのは、違うと思います！」

バルカは目を丸くした。

「……なるほどな、一理ある」

「はい。そして個人の魅力で堂々と勝負した結果、いつも玉砕するのが、バルカ将軍です」

運河に架かる橋を渡った。港へはもうすぐだ。

その間も、勉強熱心なウルリカは、バルカを質問攻めにした。港では、何に注目したらいいのか。入ってくる船、出ていく船の、何を確認すればいいのか。港を行き交う人々の様子から、何がつかめるのか。

「ここに注目しろとか、あれに気を付けろとか、そういう助言は、俺はしない」

それが、紅い瞳の『不敗の名将』の答えだった。

「むしろ先入観を廃して、ありのままを全部見ておけ。後で、何か役に立つことがあるかもしれん」

「なるほど。でも、戦いに勝つために、こんなことまで考えるんですね」

「ああ。最高司令官なんて、やるもんじゃねえな。本当に面倒くさくてかなわん」

バルカは、深々と溜息を吐いた。

「それもこれも、全部シビーユのせいだ」

「本気でそうお思いですか」

「もちろん、思ってるさ」

「嘘ですね」

そう言って、ウルリカは悪戯っぽい笑みを浮かべた。

「王女殿下に頼りにされるのが、嬉しくてたまらないって顔をしています」

バルカは軽く驚いて、まじまじとウルリカを見つめた。

「少しずつ、分かってきましたから。あなたと王女殿下のことが」

潮の香りとともに、徐々に港が見えてきた。海洋都市であるカルケドにとっては、最重要の区域の一つである。灯台や造船所、倉庫といった施設が建ち並ぶその向こうには、青い海がどこまでも広がっている。

「謁見の度に行われる、あなたと殿下との、あの茶番。あれはお二人にとって、とても大事な、必要なやりとりなんですね」

「どうして茶番だと思うんだ？」

「貴族たちが反乱を準備していると聞いて、ずいぶんと驚いてらっしゃいましたけど、あれ、演技ですよね？」

　ウルリカの、金色の瞳が光る。

「だって、『伝説の軍師ヒラムの再来』たるバルカ将軍のことですから、こんな事態も予測していないはずはないでしょう？」

　ウルリカはよく見ている。とぼけるのは無理と悟って、バルカは頷いた。

「必ずこうなる、と信じていたわけじゃない。未来というのは、確率でしか語れないものだからな。だけど、確率がゼロじゃない事態については、いちおうすべて想定して、ある程度の対策は準備をするようにしている」

「ということは、今回の内乱についても、すでに策が？」

「試案だけなら、いくらでもあるさ。例えば、敵の結束を内部から突き崩すには、誰に狙いを定めるべきか、とかな」

　そう言って、バルカはにやりと笑った。

「どの策を使うかは、これから考える」

3

カルケド西部の要衝に鎮座する、アシュタルテ城。

堅固な城壁に守られ、背後を山に囲まれた名城である。

メネス公の居城であるこの城に、多くのカルケド貴族たちが集まっていた。ユグルタ公、イドゥリス伯、メニ伯、シーワ伯といった面々である。

いずれも、カルケドの現状——特に『不敗の名将』バルカの台頭に、危機感を抱いている者たちだった。

カルケド全土を描いた地図を載せた円卓を囲み、彼らは今後の計画を練っていた。

「カリュメドン王は、帝国軍に恐れをなして逃亡した。もはや彼にカルケド国王たる資格はない」

ごつい顎を動かして、メネス公は言い放った。

「シビーユ姫は素晴らしいお方だが、バルカなどという平民風情を軍の最高司令官に抜擢する暴挙に出た。我ら伝統ある王国貴族をないがしろにしている。帝国との和平交渉でも下手に出て、弱腰の外交を続けている。このままではカルケドの秩序は乱れ、国力は衰える一方。実に世間知らずで、とても国の舵取りなど任せられぬ」

そのバルカによって国は救われたのだが、そういう都合の悪い部分は無視である。

「この私が姫と結婚して、国王になるのだ。そうすればこの国は安泰だ」

メネス公は脂ぎった巨体を震わせて笑った。

この戦いに勝てば、国王の地位とシビーユという美女が、二つながらにして彼の手中に収まるのだ。上機嫌にもなろうというものだった。

「だが、勝てるのか？　相手はあの『不敗の名将』バルカだぞ？」

疑問を呈したのは、ユグルタ公だった。眼鏡をかけた細身の紳士だ。

「案ずるには及ばない、ユグルタ公。バルカは『不敗の名将』だの『伝説の軍師ヒラムの再来』だのと呼ばれているらしいが、私に言わせれば、帝国軍が弱すぎたのだ」

帝国軍侵攻の際には、自分の領地に引きこもってひたすら震えていたメネス公である。だが、そんなことはちゃっかり棚に上げて、彼は胸を張った。

「そうだろう、ルイーズ？」

思わせぶりにメネス公が言うと、一人の女性騎士が部屋の奥から姿を現した。

流れるような金髪。やや吊り上がった目の奥で、黒曜石の瞳が光る。甲冑の上からでもそれと分かるほどの豊かな胸に、すらりと伸びた長い脚が印象的だ。目の覚めるような美女であった。

「はい。私にお任せいただければ、バルカなどたちどころに撃破してご覧にいれます」

「これは、私の姪のルイーズだ。女性ながら、とても才能のある騎士なのだ」

「ほう」

「私は士官養成学校でバルカと一緒でした。ですが私にとって、彼など取るに足らぬ存在でした」

「ずいぶんと、自信があるようだな」

品定めをするような、ユグルタ公の目つきだった。ルイーズは頷く。

「ここに、士官養成学校の成績順位表があります」

手にしているのは、羊皮紙の巻紙だ。円卓の上で紐解く。

「科目ごとの成績優秀者の名前を書き出したものです。ご覧下さい」

貴族たちの目が、巻紙に集中する。そこに書かれていたのは――。

戦略理論　一位　ルイーズ　　二位　バルカ

戦術理論　一位　ルイーズ　　二位　バルカ

戦術演習　一位　ルイーズ　　二位　バルカ
偵察任務　一位　ルイーズ　　二位　バルカ
剣術　一位　ルイーズ　　二位　バルカ

……さらに他の科目も続くが、一位と二位はいずれも同じ名前が占めている。

「すべての科目で、ルイーズどのはバルカを抑えて首席を占めていたというわけか」

「はい。つまり、私の方が彼よりも優れているのです」

ユグルタ公の言葉に、自慢げにルイーズは頷いた。

眼鏡の奥で、だがユグルタ公は瞳を鋭く光らせた。

「学校での成績が実戦でそのまま役に立つとは限らん。現に奴は帝国軍を相手に何度も勝利を収めている。敵を過小評価するのは危険ではないか」

「確かに、バルカも無能ではありません。ですが世の中には、まぐれというものがあります。国王が敵前逃亡し、誰も司令官を引き受けず、やむなく無名の将を登用――カルケド側の混乱ぶりに、帝国軍はもう勝ったも同然だと、油断していたのです。バルカの実力ではありません」

自信たっぷりに言い放ち、ルイーズは不遜な眼差しで円卓の貴族たちを眺め回した。

「それなのに自分は天才だなどと自惚れ、『不敗の名将』と呼ばれてちやほやされ、あまつさえシビーユ王女との結婚まで企てる始末。増上慢にもほどがあると言わざるを得ません」

ルイーズはふんと鼻を鳴らし、優美な指で美しい金髪を掻き上げた。

「ちょっと顔がいいからといって、あの男は図に乗っているのですよ」

「ん？」

「え？」

何気なく発せられたルイーズの言葉に、貴族たちは、困惑して顔を見合わせた。

「あれ？　わ、私、何かおかしいこと言いました？」

突然、場が妙な空気に包まれたことを察して、ルイーズは戸惑った。

「顔がいいから図に乗っている、とな……。それは、バルカのことか？」

「そうですが……顔はよくありませんか、あの男。え？　違う？」

動揺したルイーズに、貴族たちはそれぞれの意見を表明した。

「確かに、目鼻立ちは整っているな。不愉快だが、認めざるをえん」

「どうでもいい。男の顔などに私は興味がないからな」

「確かに綺麗かもしれんが、男らしくない、軟弱そうな顔つきだな。わしは嫌いだ」

失言を悟り、かああ、とルイーズは顔を赤らめた。ためらい気味に、メネス公が尋ねた。

「まさかとは思うが、ルイーズよ。お前は……」

「ち、違う！」

ルイーズは、強く否定した。

「バ、バルカくんのことなんて、わ、わたちはちゅきでも何でもないんだから！」

「……バルカくん？」

「落ち着け、取り乱すなルイーズ」

「お、おちちゅいてるし！　とりみだちてなんかないし！」

どう見ても、取り乱している。メネス公は慌ててメイドに水を運ばせ、それをルイーズに飲ませた。ルイーズは何度も深呼吸をする。

「……し、失礼しました」

ようやく落ち着きを取り戻し、ルイーズはキリッとした雰囲気で、改めて宣言した。

「とにかく、士官養成学校で、すべての分野において奴よりも私が優れていたのは、紛れもない事実。正面から戦って負ける気などしません」

強い意志の炎が、彼女の瞳の奥で揺らめいていた。

「うむ。期待しておるぞ」

メネス公は、彼女の肩に手を置いた。

「我ら貴族連合の総司令官は、お前だ」

ルイーズは、ごくりと唾を飲む。任された地位の重さを噛み締めながら、彼女は力強く宣言した。

「私がバルカを、完膚なきまでに叩きのめします!」

4

大貴族連合、メネス公の居城にて蜂起。

その報は、直ちにカルケド全土を駆け巡った。

「いよいよ、来たか」

バルカにとって、情勢は決してよいものではない。兵の数では圧倒的に不利。解決までに時間がかかると、帝国軍が介入してくる可能性がある。傍観を決め込んでいる他の貴族たちも、多くはバルカのことを面白く思っていないだろう。

それでも、少しでも不利を埋めるため、バルカは奔走している。

「ラネール将軍。シビーユ王女のため、ともに戦おう!」

その日、彼は帝国出身のラネールの邸宅を訪れていた。

「王女のため……?」

ラネールは、ふんと鼻を鳴らした。

「王女というより、貴殿のためだろう。私はカルケド国内の状況をよく知らないが、貴殿が勝てば、王女は貴殿と結婚する。メネス公とやらが勝てば、そいつが王女と結婚する。そういう構図だと聞いたぞ。なぜ貴殿に協力せねばならん」

バルカに嵌められて仕方なくカルケドに降ったラネールである。シビーユには感服している様子だが、バルカには心を許していない。

「この国の貴族どもをボコボコにしたら、爵位が空くだろ? そしたらあんたが新しい貴族様だぞ」

その一言で、ラネールの顔色が分かりやすく変わった。

「な、何だと……? 私が……カルケドの貴族に……?」

「奥さんと娘さんに、いい服着させてやりたいだろ?」

「分かった。協力する」

「チョロいな……」

「何か言ったか?」

ぎろりと、ラネールはバルカを睨んだ。

慌てて口をつぐむバルカに、ラネールは言った。

「帝国からの降将である私を、この国の貴族たちが重用してくれるはずがない。一方で、平民出の成り上がりである貴殿には、味方が少ない。少しでも協力者を増やしたいはずで、味方につけば優遇してくれるだろう。であれば、貴殿についた方がマシだ。それくらいの判断は、この私にもできる」

確かに、その通りである。バルカとしても、その程度の判断すらできないような無能は、味方にする意味がない。

「ありがてえ。じゃ、頼むわ」

ラネールの協力を取り付けて、バルカは兵舎へと向かった。

警備兵の敬礼に「お疲れさん」と返し、司令室に足を運ぶ。

ドアを開けると、ウルリカが机に向かい、羊皮紙に人名や数字を書き入れているところだった。兵士の名簿を取り纏めているのだ。バルカの姿を認めると、ペンを動かす手を止め、顔を上げた。

「ラネール将軍を幕僚に加えるおつもりですか」

「せっかく騙くらかして仲間にしたんだ。有効活用しないとな」

「問題は能力の方なんですが、大丈夫なんですか」

　このところ、ラネールにはまったくいいところがない。カルケド北部の山岳地帯ではバルカ相手に大敗、バルカの策でイトリア砦を明け渡してカルケドに降伏した男である。それまでの戦歴にも、さして目覚ましいものはない。ウルリカの懸念も、もっともだろう。

「ラネールの能力か。決断力、戦況判断、戦術指揮能力、人望、剣術、顔。何一つとして俺に勝るものはないな」

「駄目じゃないですか！」

　呆れるウルリカに、バルカは胸を張った。

「いや、超天才イケメンの俺と比較したらという話で、そこまでひどいわけじゃない」

「じゃあ、何のために比較したんです？」

「奴と比較すると、俺の凄さが引き立つだろ？」

　ときどき、ウルリカはバルカが天才であることを忘れているようなふしがある。俺は単なるナンパ野郎ではないのだぞと、彼女に思い出してほしかったバルカである。

「話を戻そう。ラネール将軍の軍人としての能力は、そこまで悪いものじゃないが、特によくもない。『超平凡』というのが、正直なところだ」

「それでも、彼を活用すると？」

「そんな『超平凡』な人材を俺が巧みに使いこなすことができたら、超カッコよくない？」

「カッコいいかは別として、確かに、平凡な人間の活用方法は上に立つ者の腕の見せどころですね」

有能な人間であれば、上が特に何も指示をしなくても、上手く仕事をしてくれるだろう。平凡な人間にこそ、有能な上司が必要なのだ。

「つまり、カッコよくてイケメンで天才である俺が指示を出すことで、ラネールの平凡な能力を二倍、三倍にも活かすことができるわけだよ」

「よく分からない理屈ですが、とにかくあなたは、彼の上手い活用方法を思いついているということですね？」

「まあな。凡将には凡将ならではの使い方がある。それより、敵に何か動きはあったか」

ウルリカは、険しい顔になる。アクアマリンの短髪が、静かに揺れた。

「敵の兵の数が分かりました。おおよそ、一万だそうです」

「いちまん……」

バルカは絶句した。今のカルケド国内の状況を考えると、すごい大軍だ。

「いやだからさ、そんだけ集められるんなら帝国軍との戦いのときに出しておけよバカ貴族ども……。仲間割れのときだけ張り切りまくるとか、マジで何なの!? 生きてて恥ずかしかしくないの⁉」

「それだけ、バルカ将軍のアンチが多いってことだと思いますよ」

「……アンチが多いのは、人気者の証拠だな！　で、味方の数は？」

バルカが問うと、ウルリカは机の上に散らばった名簿を確認する。

「何とかかき集めて、二千五百といったところですかね」

「えっ、少なすぎない？」

イトリア砦攻略の際、シビーユは三千の兵を準備すると言っていた。つまり、それくらいは動員可能なはずだ。なぜ減っているのか。

「そりゃ、バルカ将軍が兵士たちをバカンスに出しちゃったからですよ」

「……」

兵士には休みが必要だ、と主張して、バルカは休暇を与えたのである。

そのうちの半数は、先日、ウティカ湖へキャンプに出かけたのだが、帝国軍の逃亡兵との戦いに巻き込まれたことから、バルカは彼らの休暇を延長させる手続きをとったのだ。

また、カルケド湾から遠く離れた南の島にも、アリュバス率いる兵士たちを一ヶ月のバカンスに出している。

判断が甘かったとはいえない。元々、カルケド兵たちの士気は高くない。

「国王は国をほっぽり出して聖地巡礼に行ってるのに、何で俺たちは命懸けで戦わないといけないんだ！」

と、不満を抱えていたのである。バカンスは必要な措置だった。

「うちの国王、マジでろくでもねえな。親はろくでなしで娘は腹黒とかうちの王家何なの？呪われた家系なの？」

緊急事態ということで、バカンスから呼び戻す指令は出している。だが、休暇は兵士の当然の権利であると主張して、なかなか言うことを聞こうとしない。

「せめてアリュバスがいてくれたらなあ」

信頼する部下の名を、バルカは持ち出した。

帝国軍との戦いに備え、バルカは何年も前から下級兵士たちと密かに接触し、いずれ自分の腹心にするつもりで見所のありそうな者を選んでいた。アリュバスはそうして見出した一人である。だが、そのアリュバスは兵士たちとともに南の島を満喫している。

「それに、もう少し兵力がほしいな。あっそうだ。ラネールと一緒に降伏した元帝国兵は？」

「え？　シビーユ殿下が、ラコニア帝国に送還しましたけど？」

「はあっ⁉　貴重な兵力を⁉　俺には何の相談もなしに⁉」

呆れ返るバルカに、ウルリカは肩をすくめた。

「だって、彼らはただでさえバルカ将軍に何度もボコボコにされて戦意を喪失している上に、カルケドへの忠誠心ゼロの連中ですよ？　何の役にも立たないどころか、いつ裏切るとも分からない、単なるタダ飯喰らいですよ？　そんなのをいつまでも飼っておいてどうするんです？」

もっともな話である。ラネールにもう少し人望があれば、彼に付き従う元帝国兵もいただろうが……。

「イトリア砦の防衛にも兵力を割かないと帝国がちょっかいをかけてくるかもですし、どうあがいても二千五百が限界ですね」

「マジか……」

兵力差は四倍。これを覆すのは、一般的に極めて困難である。

「俺は女の子にモテたいだけの軽薄なナンパ野郎なのに、どうしてこんな苦労を……しくしく……」

机に突っ伏して、よよと泣き崩れるバルカ。だが、ウルリカの反応は素っ気なかった。

「本気でそう思ってます？」

そう問われると、バルカは急に顔を上げて、にやりと笑った。

「いや、ワクワクしてきた」

「やっぱり」

「だって、この劣勢をはね返すことができれば、俺って超カッコいいだろ？」

「それでこそ、バルカ将軍ですよ」

「時間との戦いになる。色々と頼むぞ」

ただ貴族たちを倒せばいいというわけではない。ラコニア帝国に介入する暇を与えるわけにはいかないのだった。

5

アシュタルテ城のバルコニーで、ルイーズは星を見つめていた。

彼女は、星が好きだった。

人の営みは一瞬だ。どんな英雄も百年と生きることはなく、儚くその生命を散らしてしまう。だが星の輝きは永遠だ。天上に誇り高く鎮座し、眩い光を私たちの世界に降り注いでくれる。

私も、誰かを照らす星でありたい。そう志したのは、いつのことだったか。太陽や月にはなれそうもない。それは、特別な天才や英雄だけの特権だ。だが、天に瞬く小さな星ならば、自分にも手が届くような気がするのだ。

夜の涼風が、ルイーズの身体を優しく撫でていく。

「私はバルカに勝つ」

今頃、バルカもこの星を見つめているだろうか。私と同じ星を。

「必ず、勝つ。そ、そうしたら、バルカくんもきっと私のことを……」

別に、バルカが好きとかそういうことではない。だが、士官養成学校に入学した当初から、彼はひときわ輝いている少年だった。

「俺は侍従武官になって、シビーユ王女を守るんだ！」

同期の中で、彼だけが平民出身だった。その出自のことを、嘲笑う者も多かった。だが、ルイーズは彼らとは違う考えを持っていた。

どれだけの苦労を重ねて、彼はここに立っているのだろう。

どれだけの嘲りを受けながら、彼はここで笑っていられるのだろう。

よほどの努力を重ねないと、平民が士官養成学校に入学などできないはずだ。噂によると、入学試験ですさまじい好成績をとることで、彼は特例で入学を認められたという。

太陽や月となって皆を照らすのは、彼のような人物なのだろう。一見軽薄そうな、明るい笑顔の裏に見え隠れする彼の素顔に、彼女は迫りたかった。

そんな彼に初めて声を掛けられた日のことを、よく覚えている。

「君、ルイーズっていうの？　かわいいね！」

「か、かわ……」

あまりにも自然に、あまりにも唐突に言われたので、ルイーズは一瞬、絶句した。貴族社会には、そんな馴れ馴れしい男はいない。

「ば、バカにするな！　私はかのメネス公の姪だぞ！　無礼を言うな！」

つい、そう叫んでしまったが、彼が私のことを意識してくれているということが分かり、嬉しかった。

そしてルイーズは、入学試験でずば抜けた成績を残したというバルカに負けたくない一心で猛勉強し、最初の定期試験で学年一位をとった。バルカは、僅差で二位だった。

「バルカくん。今回は、残念だったわね」

得意げに話しかけると、バルカは心から不思議そうな顔をした。

「……えっと、すまん。何のことだ？」

「と、とぼけないで！　どうしてしらばっくれるの！」

「いやマジで何のことか分からないんだが。何の話？」

ショックだった。バルカに勝つために必死で一位をとったのに、彼はそんなことを気にもしていないというのだろうか。

「今回！　君を抑えて！　このルイーズが学年一位になったのよ！」

「ああ！」

納得したようにバルカは頷き、ついでこう言った。

「で？」

「で？　じゃないわよ！　悔しくないの⁉」

「うーん、別に？」

首をかしげて、バルカは焦茶色の髪を風になびかせた。

「それよりさ、一緒にハマヒルガオ大通りに新しくできたカフェに行かないか。キリキア産の珈琲が美味いらしいぜ？　染み入るような大人の苦みがするんだってさ！」

その時の彼の笑顔を、ルイーズは昨日のことのように思い起こすことができた。

懐かしい記憶だ。

今思い起こすと、きっと彼は、照れていたのだろう。学年一位の座を逃して、悔しくないはずがない。

言葉を交わすことはめったになかったが、バルカというライバルを得たことは、ルイーズの学校生活にとって最大の収穫だった。彼に負けたくなくて、勉強に夢中になったのだ。

充実した青春だった。

そして今、ルイーズはカルケドの命運を賭けて、バルカと覇を競う立場にある。

たった十八の小娘の自分が、大貴族連合一万の大軍を預かるのだ。大変な重圧だが、ルイーズはやり遂げる覚悟だった。

「伯父上のためにも……」

ルイーズは呟いた。

「そう、伯父上はシビーユ様と結ばれるべきだわ！」

バルカの瞳に誰が映っているのか、分からないルイーズではなかった。女とみると見境なく誰にでも声を掛けているバルカだが、シビーユに向ける眼差しには、特別なものがあった。

だが、バルカはシビーユと結ばれるべきではない。さすがに身分が違いすぎる。

メネス公とシビーユ王女では年齢が離れているが、王族や貴族の結婚ではよくあることだ。

シビーユが伯父上と結婚したら、バルカも彼女のことを忘れられるだろう。

そうしたら、自分にもワンチャン――いや、そうではなくて。

「べ、べちゅに、あいつのことがちゅきってわけじゃないんだから……」

そういうことではないのだ。ただ、彼に気付いてほしかった。ここに、私という存在がいることを……。

「だから頑張って、バルカくんよりいい成績をとって、一位になったのに……」

いつになっても、バルカの紅い瞳に彼女は映っていなかった。

それが、ルイーズには悔しかった。

「ぜったい認めさせてやるんだから！　バルカくんに私を！」

再び星を見上げて、ルイーズは決意を新たにしたのだった。

ルイーズから提案された作戦に、メネス公は首をかしげた。

「守りを固める……だと？　こちらから攻めるのではないのか？」

バルカを打倒し、シビーユ王女の過ちを正す。そのスローガンを旗印に、一万もの兵を集めたのだ。当然、メネス公は大軍をもって堂々と王都に攻め入るつもりでいた。

ところが、ルイーズが提示したのは、彼が思いもしない策だったのだ。

「短期決戦を望んでいるのは、バルカとシビーユ王女の側です」

ルイーズは黒い瞳を光らせた。落ち着いた面持ちで、彼女は説明した。

「早期に決着をつけて国内を落ち着かせた上で、帝国との和平交渉に臨みたいと考えているからです。内乱が長引けば長引くほど、王女は帝国に足下を見られるでしょう。ですから、あえてこちらから攻め入らずとも、王女側――バルカ率いる軍が、こちらに向けて進軍を開始するでしょう」

　貴族連合にとっては、好都合である。王都を攻撃するとなれば、いかにも体裁が悪い。相手が攻めてきてくれた方が助かる。

「そこで、持久策をとります」

　フッとルイーズは笑い、円卓に広げられた地図に手を伸ばした。カルケド東部に位置する王都から、西部のメネス公領までを見渡すことのできる地図である。美しい指で、彼女は味方部隊を表す駒を動かした。

「各貴族の皆様方が各々自前の兵とともに、ご自身の領土で守りを固めるのです。バルカ軍が伯父上の居城に辿り着くためには、ユグルタ公かイドゥリス伯、メニ伯のいずれかの領地を通過しなくてはなりません。多数の都市や城塞を攻略して、バルカ軍はようやくこのアシュタルテ城まで辿り着くことができるのです」

「ほう……」

「当然、それまでに兵力は消耗します。攻略した都市や城塞には、守備兵を置かねばなりません。それにより、さらに敵兵力の分散を誘うことができます。そうして彼らが消耗しきったところを、我々は万全の構えで迎え撃つことができるのです」

伯父が何か言おうとするのを、ルイーズは無言で制した。彼の言いたいことは分かっている。

「もちろん、彼らが隙を見せるようであれば、都市や城塞を攻囲中の敵軍の退路を断ち、大軍で取り囲んで一気に勝敗を決するという選択肢も可能です。そこは高度の柔軟性を維持しつつ、臨機応変に対応すればよろしいでしょう」

ルイーズが説明を終えると、メネス公は手を大きく広げて感激した。

「……素晴らしい。何と壮大な戦略か」

得意げに、ルイーズは黄金の髪を掻き上げた。

「万事、この私にお任せ下さい」

作戦は了承され、実行に移された。貴族たちは自身の領内へと戻っていった。

数日後、ルイーズはメネス公直属の三千の兵士を引き連れて、アシュタルテ城の眼下に広がるドーリス高原へと移動した。

兵士たちを自らの手足として動かすべく、演習を実施したのである。

「投槍兵部隊、前へ！　目標地点に向かって、一斉射撃！」

「後退しつつ、左右に展開！　古参兵部隊は七歩前進し、三つ数えてから盾を構えよ！」

凛とした声を響かせて、ルイーズは見事に兵たちの指揮を執った。

「さすが私。完璧だな」

士官養成学校では、抜群の成績を示したルイーズだ。その日も行軍演習、偵察演習、模擬戦闘などのメニューを実施し、それらのすべてでよい成果を上げることができた。

幕僚たちも、ルイーズの見事な采配に感服し、士気を高めていた。

「はい。今すぐにでも、バルカ軍と戦いたいくらいです」

「今、突然俺たちの目の前にバルカ軍が現れたらいいのに。今なら絶対勝てますよ」

そんなことはありえないが、それくらい、戦意が高揚しているということである。

「来たるべき決戦に向けて、準備は整ったな」

深い霧が出てきたので、アシュタルテ城への帰投を決め、ルイーズは全軍に連絡した。

兵士たちは、演習のために築いた陣営を撤去する作業に取りかかる。それを監督しながら、彼女は呟いた。

「さて、バルカは誰の領地を攻めるかしら？　ユグルタ公？　イドゥリス伯？　それともメニ伯？　いずれにしても、地獄を見るわよ」

ルイーズの黒い瞳は、遥か遠くを見据えていた。これからあのバルカと雌雄を決するのだと思うと、武者震いが止まらない。壮大な死闘となることだろう。

と、そこへ伝令が駆けてきた。

「ルイーズ様、バルカ軍が現れました！」

ようやく、バルカが動いたか。ルイーズは馬上で頷いて、尋ねた。

「どこに？」

イドゥリス伯領か、メニ伯領だろうか。それともユグルタ公領か。いずれにせよ、彼は長い道のりを踏破しなければ、このメネス公領まで辿り着くことはできない……。

「そ、それが――」

伝令の額に、汗が滲んだ。

「め、目の前です！　目の前に、バルカ軍が展開しています！」

「は、はあ⁉」

ルイーズは顔を上げた。目を凝らすと、霧の向こうにうっすらと軍隊が整列しているのが見える。カルケド王家を象徴する、碧色の軍旗を掲げている。

間違いない。バルカ軍だ。

ルイーズは愕然として、その場に立ち尽くした。

「そ、そんな。どこから湧いてきたの⁉」

6

ユグルタ公は、困惑していた。

メネス公に次ぐ大貴族であり、眼鏡の似合う伊達男として、社交界の令嬢たちからは騒がれているが、まだ結婚はしていない彼である。二十七歳という年齢は、十代のバルカやシビーユからすれば「おっさん」だが、自分ではまだ若いつもりでいた。

アシュタルテ城でメネス公を中心とする貴族連合に加わり、自身の領土に戻ってきたのもつかの間。仇敵であるはずのバルカが、非公式に彼の城を訪問したのである。

敵の真っ只中に、単身で乗り込んできた形である。大胆極まりない男であった。

「なぜ奴が……？」

不思議に思ったが、会うだけは会ってみよう。場合によってはバルカを捕らえるつもりで、ユグルタ公は面会に応じた。

「ユグルタ公。シビーユ王女は、あんたが協力してくれるなら、あんたと結婚してもいいと言っている」

驚くべきことを、『不敗の名将』は彼に告げた。

「簡単なことだ。ちょっとだけ、領土を通過させてくれればいい」

「本気なのか？　王女は、貴様と結婚するつもりだともっぱらの噂だぞ」

「まさか」

　ありえない、とばかりに、バルカは手を振(ふ)った。

「一介(いっかい)の平民にすぎない俺が、王女と結婚？　冗談(じょうだん)だろ？　ただの無責任な街の噂だ」

　その言葉に、ユグルタ公は考(かんが)え込んだ。

　確かに、シビーユとバルカの結婚話(けっこんばなし)は、噂レベルの話でしかない。シビーユの口から公式に発せられたことは一度もない。

　常識的に考えて、王女が平民ごときと結婚などするはずがない。そう考えると、今回の件は、噂を真に受けたメネス公が逆上し、暴走したようなところがある。ついメネス公に引きずられてしまったが、そんな心配は杞憂(きゆう)だったのかもしれない。

「俺はあんたの領土を通過して、メネス公に奇襲(きしゅう)を仕掛(しか)ける。メネス公を打ち破れば、貴族連合は崩壊(ほうかい)し、内乱は終結する。あんたは何もしなくていい。ただ知らん顔をしているだけで、王女と結婚できる。どうだ？」

「そんな口約束、信頼できるものか」

　警戒(けいかい)を緩(ゆる)めないユグルタ公の前に、バルカはおもむろに布のようなものを取り出した。

「このハンカチ……何だか分かるか？」

それは、薄桃色の絹のハンカチだった。高級感のあるおしゃれなデザインで、明らかに女性用だ。

「こ、これは……」

奪い取るようにして手に掴むと、ユグルタ公はそれを己の鼻に押し当てた。

スーハー、スーハー、クンカクンカ。

「……この極上の匂いは、まさしく王女のハンカチだ」

ユグルタ公は、匂いフェチであった。匂いだけで、それが王女の持ち物であることを確信した。

彼がシビーユ王女と結婚したいのも、彼女の美貌や王位だけが目当てではない。

シビーユは、いい香りがするのである。

「ああ、何とかぐわしき香り……！」

「うわ……」

恍惚とした表情で叫ぶユグルタ公に、バルカは若干、引いているように見えた。

「ん？　何か言ったかね？」

「いいや。これでシビーユ王女が本気だと、信じてくれたか？」

「ああ、信じよう」

頷いて、ユグルタ公はハンカチを丁寧に折りたたんだ。家臣に命じて、黄金の小箱を持ってこさせると、ハンカチをその中にしまった。少しでも香りが逃げないようにするためである。

「だが、私はメネス公を盟主とする貴族連合に加わった身。裏切り者になれと言うのか」

なおも慎重にユグルタ公がそう言うと、バルカはそれをせせら笑った。

「何を寝ぼけたことを言ってるんだ。カルケド王家を裏切ったのは、メネス公たちの方だろう。あんたは王家への忠誠の厚い、立派な貴族だ。だから反乱軍に加わったふりをして、奴らの打倒に協力してくれるというだけの話だろう。誰もあんたを非難したりはしない」

「な、なるほど……」

「俺のことが信用できない、あるいはメネス公との友誼を大事にしたいと言うのなら、あんたの領土を通過した後で、俺を背後から襲ってくれてもいいぞ。だけどその場合、得をするのはメネス公だ。彼がカルケドの支配者となり、シビーユ王女と結婚するだろう。あんたは彼に都合よく利用された、ただの間抜けだ」

「むむ……」

元々、ユグルタ公はそこまで積極的にメネス公に協力していたわけではない。貴族連合が勝ったところで、結局シビーユがメネス公と結婚することになれば、ユグルタ公にとっては何の益もない。「バルカが目障り」という一点でメネス公に味方したが、彼自身がシビーユと結婚するためには、いずれメネス公を裏切らなければならない。それが今になるというだけのことである。

「本当に本当に、王女殿下と結婚できるのか？　この私が……」

半ば呆然として呟くユグルタ公に、バルカは頷いた。

「シビーユ王女はそう言っている。あとは、あんたの甲斐性次第だな」

「……分かった。貴様と手を組もう」

そう言って、ユグルタ公はかつての仇敵と握手を交わした。

バルカ率いる二千五百のカルケド正規軍は、ユグルタ公が支配する山岳地帯を悠々と通過した。

「もしユグルタ公が矛を逆しまにしてあたしたちに襲いかかってきたら、どうします？」

ウルリカは心配したが、バルカは鷹揚に構えていた。

「そのときは、コテンパンに叩きのめして、ユグルタ公の首を取るだけさ。でも、たぶん、そんなことにはならないさ」

　ユグルタ公は、計算高い男である。バルカの提案に乗る方が分のいい賭けだと、理解できるはずだ。

「実際、その方が得だしな。脂ぎったおっさん(メネス公)という最大のライバルがいなくなれば、本当にシビーユと結婚できるかもしれないし」

「えっ、どうするんですか？」

「さあ」

「さあ、って……」

　ウルリカは、目をぱちくりさせている。それでいいのか、とバルカに問うている。

「そこはシビーユに頑張ってもらおう。ユグルタ公と結婚したくないのなら、必死で知恵(ちえ)を絞(しぼ)るはずさ」

　もちろん、ユグルタ公への提案は、バルカの真っ赤な嘘(うそ)である。シビーユが「ユグルタ公と結婚してもいい」などと言うはずがない。彼女には「何も聞かずに、ハンカチを一枚くれないか。お前が愛用してるやつ」と、お願いしただけである。

　だが、バルカが何を企(たくら)んでいるのか、シビーユなら見当はついただろう。その上でバルカに快くハンカチを提供してくれたのだから、後はシビーユとユグルタ公の駆け引きということになる。

「ユグルタ公って、おっさんだけど割と渋くていい男ですよね」

「あの陰険メガネが？」

「案外、シビーユ殿下も、ユグルタ公となら結婚してもいいか、って気になるかもですよ」

「は？　バルカくんの方が遥かにいい男なんだが？　シビーユが俺を捨ててユグルタ公に走るとかありえないんだが？」

一行は山道を行軍し、ユグルタ公領の西部を南北に大きく貫くロラ河を渡った。もうすぐユグルタ公領を抜けて、メネス公の領土である。

「ここまでは上手くいった。さて、どうなるか」

バルカが呟くと、突然、激しい雨に襲われた。山岳地帯の天候は変わりやすい。兵士たちの安全にも留意して、バルカは進軍停止の合図を出した。一度、休憩を取るべきだと考えたのである。

「先ほど渡ったばかりのロラ河が、増水しているようだな」

岩場の上から、バルカは急速に水かさを増した激流を眺め下ろした。

「一日、遅れていたら、渡れなかったな」

これで、ユグルタ公領との連絡は途絶えてしまった。もっとも、ユグルタ公から背後を突かれる可能性はゼロになったので、その点はありがたい。

雨が小康状態になったので、バルカ軍は進軍を再開した。山岳地帯を抜けると、そこには緑豊かな野が広がっている。メネス公領の、ドーリス高原である。あいにくと霧が出ているため遠くまでは見渡せないが、ここからはアシュタルテ城まで目と鼻の先である。

「おい、何だあれ」

ふと何かに気づき、バルカは声を上げた。

「あれ、とは?」

問われたウルリカは、何も気付いていないらしい。黄玉色の瞳は、何も映してはいない。

「よく見ろ。何か見えないか」

霧の向こうに、うっすらと浮かぶ複数の影がある。どうやら人が集まっているようだ。

「あれって、軍隊じゃないか? たぶん、メネス公の……」

それは、演習を終えてまさに帰城しようとしていた、ルイーズの手勢であった。

7

事態は急展開を迎えていた。

「目の前に、バルカ軍ですって⁉」

メネス公の軍隊を預かるルイーズは驚愕し、思わず弱音を漏らしてしまった。

「何で⁉ 何でいるの⁉ そんなの聞いてない」

幕僚たちが顔を見合わせた。司令官であるルイーズがいきなり取り乱したので、困惑しているのだ。彼女を乗せる馬も、不安そうに身を震わせる。

やってしまった、とルイーズは反省した。指揮官たる者、どんなときでも動揺を表に出してはいけない。軍事教本に書いてある、基本中の基本だ。

「とにかく、戦うしかありません」

幕僚の一人が言った。ルイーズは咳払いをして、声を張り上げた。

「アシュタルテ城への帰投を中止！ 全軍、戦闘態勢へ！」

野戦において何よりも重要なのは、部隊展開だ。

より有利な地点に、より早く部隊を整列させることができれば、それだけで圧倒的に優位に立てる。状況判断に優れた将の中には、ここで敵に先手をとられた時点で、「あ、こりゃ無理だ」と諦めて兵を引く者もいるくらいだ。

だが、ここでルイーズが兵を引くわけにはいかなかった。突然、敵が出現したことで、自分だけでなく兵士たちも動揺している。この状況で慌てて撤退すると、それが戦術的撤退のつもりでも、全軍が総崩れになってしまう危険がある。

少しでも早く味方部隊を展開させて、敵を迎え撃つべきだ。ルイーズは、そう判断した。数では、おそらくこちらが優勢のはずである。

「ほ、歩兵中隊を三段に展開！　第一列には、投槍兵部隊。第二列には、古参兵……じゃなくて、中堅精鋭部隊！　そして最後尾に古参兵部隊よ。あ、それから軍旗を掲げて、角笛を鳴らして！　騎兵部隊は両翼に展開！　ほら、ダラダラしない！」

馬上から指示を下すルイーズ。だが、たちまち言葉に詰まり始めた。

「それから……どうするんだっけ……ええっと……」

つい先ほどまで実施していた演習では、完璧に兵を動かすことができたのだ。それはもう、自らの手足のごとく。

だが、実戦ではなかなかうまくいかないものだ。しかも、敵は思わぬ侵入経路から、予想もつかない奇襲を仕掛けてきたのだ。教本そのままのやり方が通用するとは限らない。

「さすがは、バルカくん……」

神出鬼没ぶりもそうだが、どうしてこちらの位置を特定していたのか。バルカは、何かとんでもない秘策を準備していたに違いない。

まだ、自軍は部隊の整列が終わっていない。

「ああ、もう！　何でそんなところに工兵部隊がいるのよ！　邪魔！　早く後ろに下がって！　歩兵中隊が展開できないでしょう！」

「司令官閣下、落ち着いて……」

幕僚がたしなめた。だが、他人事のようなその振る舞いに、ルイーズはイライラした。

（私は今日が初陣だけど、あなたたちは経験豊富な武将のはずでしょうに。どうして、私の指示をただ待つだけなの⁉）

すでにバルカ軍の第一列は、こちらに向けて進撃を始めている。

「え、早い、早すぎる……」

ルイーズの予測をはるかに凌駕する速度だ。どうやら敵は、全軍の整列が完了するのを待たずに動き始めたようだ。

「何、ぼうっとしてるのよ！　早く槍を投げて！」

ルイーズの指示で、投槍兵部隊が慌てて投槍を投げ始める。だが、すでに遅かった。バルカ軍の先鋒はすぐそこまで肉薄している。投槍は、離れた相手に遠距離から一方的にダメージを与える武器である。至近距離では、力いっぱい投げることができず、どうしても威力が鈍ってしまう。ほとんど成果を上げることができないまま、ルイーズ軍は敵と乱戦状態に入った。

投槍を投げ終わると同時に、すかさず剣を引き抜いて応戦するのが第一列の役割だ。だが、こちらの対応は後手後手に回っている。敵軍が斬りかかってきたとき、まだ味方部隊は剣を引き抜いてはいなかった。

敵の猛攻で、たちまち浮き足立つ第一列。もう、しっちゃかめっちゃかである。

「え、えっと……ここから挽回するためには……」

演習とはまるで違う。実戦において臨機応変に兵を動かすことがいかに難しいかを、ルイーズは実感した。

「こんなはずでは……こんなはずでは……」

メネス公は縄で縛られて、バルカの前に引き出されていた。全身をわななかせ、汗とともに悔しさを滲ませている。

「思い上がるなよ、平民の小僧！　貴様が勝ったのは、運がよかったからだ。ただそれだけだ！」

「うん、俺もそう思う」

きつく縛られた縄が、メネス公の脂ぎった身体に食い込んでいる。いい油が取れそうだな、などとバルカはどうでもいいことを考えた。

「まあ、今回はマジで運がよかったな」

今まで散々酷い目に遭ってきたので、たまにはこういうことがあってもいい。

バルカは昨日からの出来事を振り返った。

ユグルタ公の領土を通過してメネス公の領土に侵入すると、いきなり演習を終えたばかりのメネス軍に鉢合わせしたのだ。雨と霧で、お互いの索敵能力が極端に低下したタイミングでの偶発事だった。

数では敵の方がやや多かったが、とっさに、バルカは攻撃を命じた。メネス軍は、まさかこんなところで敵に出くわすとは夢にも思っていない。敵の司令官にも未熟なところがあったのだろう。大混乱に陥って、たちまち潰走した。

そして主力が演習に出ていたということは、居城の守りはがら空きということである。

バルカ軍は、すぐさまメネス公の籠もるアシュタルテ城を包囲した。攻城塔や破城槌といった兵器を組み立てる必要すらなかった。バルカはその夜には城を陥落させ、公を捕虜にしたのだった。

「運だろうが何だろうが、負けは負けだからな、おっさん」

悔しそうなメネス公を、バルカは上から眺め回した。

「確かに運の要素はあったが、それを活かすことができたのは、俺がイケメンの天才将軍だからだ。そこが分からんから、あんたは負けたんだ」

これが凡将であったなら、好機を活かすことができただろうか。突然の敵軍の出現に、待ち伏せをされたのかと勘違いをして、撤退を指示していたかもしれない。遭遇は両軍にとって予期しない偶発的な出来事であったが、バルカは即時に決断し、敵の指揮官はそれができなかった。そこが勝敗を分けたのである。

アシュタルテ城に籠もるメネス公にも、準備が乏しかった。敵に攻められる危険に少しでも思いを馳せていれば、敵の攻城兵器を焼き払うための油、城壁をよじ登る敵兵に浴びせるための熱湯や糞尿、非戦闘員でも扱える武器である石つぶてや瓦やレンガ、そういったものは最低限ストックしているものである。

「追ってシビーユ王女から沙汰があるはずだ。怯えながら待つんだな」

メネス公は、カルケドきっての大貴族である。さすがにバルカの一存で処置はできない。拘束した上で、シビーユの判断を待つことになるだろう。

捕虜になった要人が、次々とバルカの下へ引っ立てられてくる。

その中に見知った顔を見つけ、バルカは声を上げた。

「あれっ、ルイーズじゃねえか。久しぶりだな」

黄金の髪に包まれた美貌を、バルカはよく覚えていた。士官養成学校で一緒だったルイーズだ。高貴な甲冑に身を包んだ彼女の白い頬は泥に塗れ、両手を後ろ手に縛られて、悔しそうな顔でこちらを睨んでいる。

今になって、バルカは思い出した。そういえば、ルイーズはメネス公の姪だった。すっかり忘れていた。

「バ、バルカくん……いえ、バルカ」

名門貴族出身の女騎士は、敗北してもなお毅然とした態度で、バルカをまっすぐに見据えている。

「まさかこんな策で仕掛けてくるとはね。完敗だわ」

美しい髪を揺らし、自嘲気味に、フッと笑う。

「それでも私は……君と知謀を競わせることができて、満足してるのよ。ほんの、短期間だったけれど」

彼女が放った言葉の意味を、バルカはよく理解できなかった。

「知謀を競わせ……？　ん？　お前、何言ってんだ？」

「え？　何って、だから……」

首をかしげるバルカの姿に、ルイーズの怜悧な顔立ちが、急に崩れた。明らかに戸惑っている。

「私は貴族連合軍の総司令官として、君はシビーユ王女軍の総司令官として、ともにカルケドの命運を賭けて覇を競い合ったわけでしょう?」

何をとぼけているんだ、と言わんばかりのルイーズに、バルカは眉をひそめた。

「貴族連合軍の……総司令官? お前が?」

「ま、まさか知らなかったの? いえ、そんなはずはないわ。私が貴族連合軍の総司令官であることくらい、君はとっくに知っていたはずでしょう?」

「いや……初耳だけど?」

本当に知らなかった。

もちろんバルカは、常に緻密な情報収集を怠っていない。だが、今回は最初から最後までが時間との戦いだった。バルカの電撃的な作戦に、寄せられる情報の方が追いついていなかったのだ。

「え? マジでお前が貴族連合の指揮を執ってたの? ほんとに?」

だとしたら、バルカを起用したシビーユ王女同様、メネス公もずいぶんと思い切った人事をしたことになる。両軍の指揮官は、ともに十代の若造だったのだ。

「また、また私のことを馬鹿にしているのね！」

ルイーズは蒼ざめていた。肩が、ぷるぷると震えている。

「君はいつもそうだった。いつもこの私のことを馬鹿にしていた。学年首席の、この私を！」

「そ、そんなことないって」

バルカは、慌てて取り繕った。

「これでも俺、お前のことは尊敬していたし、とても助けられたと思ってるんだぜ？」

学生時代、バルカは常に次席で、首席はルイーズだった。

学年首席は将軍候補生、次席は侍従武官の道を進むのが慣例である。バルカは父と同じ侍従武官になりたかったので、うっかり首席になってしまわないよう、わざと手を抜いてルイーズに次ぐ次席の地位をキープしていたのである。

そもそも、首席ともなれば学生代表として全体集会で挨拶をしたり、後輩たちの面倒を見たり、指導教官の雑務をお手伝いしたりすることになる。何かと面倒な役柄だ。確実に女の子に声を掛ける時間が減ってしまう。だから学年首席には、バルカは死んでもなりたくなかった。

「そんなクソ面倒な立場を進んで引き受けてくれたルイーズには感謝しかないよ」

その辺りの事情を、バルカは丁寧に説明した。

「わざと手を抜いて……？　首席にはなりたくなかった……？」

愕然として、ルイーズは唇をわななかせた。

「う、嘘よ。本当は、首席になりたくてたまらなかったくせに！　やっぱり君は私のことを馬鹿にしてるんだわ！　いい加減にして！」

ルイーズは、今にも泣きそうな顔である。

「そんなに私のことが嫌いなの⁉」

「そ、そんなわけないだろ。どうしてそう思うんだよ⁉」

「だって、君は女の子には誰彼かまわず声を掛けていたのに、私にはたまにしか声を掛けてくれなかったじゃない！　私には女としての魅力がないって思ってたんでしょう⁉」

「いや、それは……」

魅力がないどころか、間違いなく、ルイーズは学生たちの中で一番の美少女だった。

努力家で、学年首席の優等生。ちょっとお高くとまっているところはあるが、いつも堂々としていて、その立ち振る舞いは優美で可憐だった。

そんな彼女のことが、嫌いなわけがない。

だが、バルカは彼女にあまり声を掛けなかった。なぜか。

いつだったか、初めてデートに誘ったとき、彼女はこう言ってバルカの誘いを断ったのである。

「私に気安く話しかけないで下さる？　平民ごときが、迷惑よ！」

これである。

どうやら、ルイーズは浮ついたことは嫌いらしい。そう悟り、空気を読んでいたのだ。嫌がる女性にしつこく声を掛けるのは、モテモテの伊達男のやることではない。「なあに、他にかわいい子はいくらでもいるさ」と大人の余裕を見せるのがモテ男の流儀なのだ。そうすれば、いつかバルカの魅力に気付いて、相手から近づいてくるはずだ。

そう思い、あえて距離を取っていたのだが……。

（うーむ。女心は、なかなか難しいものだなあ）

気を遣ったつもりが、怒らせてしまっていた。むしろ、めげずに何度もトライするのが正解だったのだろうか……。

「で、私をどうする気⁉」

「もちろん、解放してやるよ。タダでな！」

気前よく、バルカは言った。これは、相手が旧知のルイーズだからではない。女性を捕虜にするなど、バルカの流儀に反する。モテる男はそんなことはしないのである（バルカ調べ）。

だがバルカの期待に反して、ルイーズは眉を吊り上げて怒った。

「どういうこと？ 私なんて、解放したところで何の脅威もないって言いたいの!?」

誤解である。バルカは、「女性に優しい俺」を演出したいだけなのである。あわよくば、「バルカくん……何て優しい人なの。素敵！ 抱いて！」とルイーズに思ってほしいだけなのである。

だが、彼のその思いはうまく伝わらなかったようだ。

「じょ、冗談じゃないわ！ 色々とその……覚悟してたのに、無傷で解放なんて」

「覚悟……？」

学生時代から、ときどき意味の分からないことを言い出すのが、ルイーズという娘だった。

「そうよ。だって、この私を捕虜にしたのよ!? 何か、やることはないの!?」

「やることって？」

「そ……その、私を、手籠めにするとか！」

「て、手籠めって……」

「縛られて、自由を奪われた美女が目の前にいるのよ!? あなたは私の生殺与奪を握っているのよ!? 男として、やることは一つじゃないの!? 野獣のごとく私の肢体を蹂躙したいと思わないの⁉」

「いやいやいや！　思わねえよ！」

ルイーズの誤解は酷すぎる。女性を力ずくでモノにするなど、モテない男のすることである。そんなカッコわるいことは、死んでもできない。

（いったいこのコ、俺のことを何だと思っているんだ……？）

バルカもルイーズのことを全然理解していないが、ルイーズだって、バルカのことを何も分かっていないではないか。なぜ自分が怒られているのかと、理不尽な気持ちになりながら、それでもバルカは部下に命じて、ルイーズの縄を解いてやった。

「バ、バルカくん……本当にわたちのこと……何とも思ってないのね……」

舌足らずになりながら、ルイーズはしょんぼりと呟く。自由の身になったというのに、すっかり涙目になっている。

「見損なったわ！　最低！　この甲斐性なし！」

「いやあのさ、ルイーズ……」

「あなたのことなんて、大嫌いよ！　バルカくんのばかあああああ！」

大声でバルカを罵りながら、ルイーズは全力で走ってどこかへと消えていった。

無言で二人のやりとりを見守っていたウルリカが、慰めるように言った。

「捕虜に対してとても紳士的に振る舞うバルカ将軍、あたしは素晴らしいと思いますよ」

フォローはありがたいが、バルカとしては納得できないところである。

深く溜息を吐いて、彼は天を仰いだ。

「何でこうなるんだあああ！」

8

潮の香りが、ほのかに鼻腔をくすぐった。

前方に広がるのは、暖かな風に乗って南から北へとゆるやかにたゆたう白い雲。そして見渡す限りの紺碧の海である。銀色の煌めきとともに海鳥が水平線上を旋回すると、海神の船首像をつけた大型の帆船が、シビーユの視界を颯爽と横切っていく。

「いい天気ね」

シビーユはエリッサとともに、港の灯台へと来ていた。

民の暮らしをつぶさに観察したい。その思いから、シビーユはちょくちょく王宮を抜け出しては、市街地へと繰り出している。その途上で、立ち寄ったのだった。

「今ごろ、バルカたちはメネス公の軍勢と戦っているところかしら」

「全員、無事に帰ってきてほしいよね」

シビーユは、バルカの勝利を微塵も疑っていない。『不敗の名将』が、メネス公ごときに敗れるはずはない。だが今回は内戦であり、敵も同じカルケド人だ。敵味方に犠牲者が出ることを考えると、心が痛むのだった。

灯台を出て、港を歩く。行き交うのは、船乗りや異国の商人だけではない。海を臨めるこの区域は、市民たちの憩いの場にもなっている。

シビーユの姿を認めて、誰かが声を上げた。一人が気付くと、みんなが気付く。たちまち王女とその秘書官は、老若男女の群れに取り囲まれてしまった。

「あれ、もしかして王女殿下じゃないか」

「すごい、本物だ。お姫様があっちにいるぞ」

「やっぱり『カルケドの至宝』はお美しいなあ」

正体に気付かれぬよう、ヴェールを深く纏っていたが、やはり特徴的な薄桃色の髪と浅緑色の瞳は、隠し切れなかったようだ。

「まあ、いつものパターンだよね……」

苦笑しつつ、エリッサが呟いた。

王女シビーユのお忍びは有名だ。大衆の方でも「今日は天気がいいから、王女殿下が街にいるかもしれないぞ」などと目を光らせている。見つからないはずがない。

さっそく、シビーユは市民たちに質問攻めにされてしまった。

「王女様、今度の内戦も、バルカ将軍に任せておけば大丈夫なんだよね？」

「シビーユ殿下、今日はこれからどこに行くの？」

「姫様、飴あげる」

「ねえ、王様って今どこで何してるの？」

言いたい放題だが、口ぶりにはシビーユへの親近感が籠もっている。敵前逃亡した国王に代わって、シビーユは大国ラコニアの大侵攻に毅然とした態度で応じ、見事退けることに成功した。その事実は、やはり高く評価されているのだ。

「ええっと、一つずつ、順番に答えるわね」

民の支持こそが自身にとって最も大きな武器であることを、彼女はよくわきまえている。

繰り出される質問や意見に、シビーユは丁寧に、かつよどみなく対応していく。

だが、同世代の少女から飛び出した次のような質問には、さしもの能弁なシビーユも、曖昧に言葉を濁すしかなかった。

「シビーユ様、バルカ将軍と結婚するって本当!?」

やはり、世間からはそう思われているのである。なおも食い下がる少女の勢いに押され、シビーユがたじろいで後退したとき、彼女の脚に柔らかい衝撃が加わった。

三歳くらいだろうか。脇見をしながら走ってきた幼児が、ぶつかってきたのだ。浅黒い肌をした異国風の少年だった。

「あ、こら！」

三十代前半とおぼしき女性が、慌てて少年に駆け寄り、シビーユから引き剥がした。どうやら母親らしいが、肌の色は白く、ごく普通のカルケド人にしか見えない。

「申し訳ありません。王女殿下に対して、とんだご無礼を」

「ふふ、いいのよ」

平身低頭する女性にシビーユは微笑んで、少年を抱き上げた。

「元気な子ね。南方大陸の生まれかしら」

何気ないひと言だったが、女性の答えは意外なものだった。

「この子の父親は、南方大陸出身の行商人とファールス人の曲芸師の混血です。ちなみに母親の私は、カルケドの木工職人とラコニア人のハーフです。ただし、祖父は聖モナード騎士団の一員でした」

「それは……」

シビーユは絶句した。国際色豊かなカルケドといえど、ここまで多様なルーツを持って生まれる子はそういない。

「夫とは聖ウォボスナへの巡礼の途中で知り合いました。民族も文化も宗教も違い、互いの両親から結婚を反対されましたが、一緒になって、この子も生まれ、今はカルケドで楽しく暮らしています」

「素晴らしいわ。世界中の神々から、この子が祝福されますように」

心から、シビーユはそう願った。少年は、世界がこうあってほしい、というシビーユの理想をそのまま体現したかのような存在だった。邪気のない瞳で、少年はシビーユをじっと見つめていた。

「ねえシビーユ。この子が大人になる頃までには、戦争のない世の中にしたいね」

エリッサのしみじみとした感慨におかしみを覚えて、シビーユは口元をほころばせた。あなたもまだ子どもでしょ、と声に出そうとしたとき、急に辺りが騒がしくなった。血相を変えた兵士たちが、人をかき分け、息を切らせながらシビーユの下へと駆けつける。

「大変です、シビーユ殿下！　至急、王宮までお戻り下さい！」

数日後、バルカはアシュタルテ城で戦後処理に追われていた。

イドゥリス伯、メニ伯、シーワ伯。貴族連合に参加していた諸侯も、盟主であるメネス公が捕虜になったと知って、次々と降伏してきた。

カルケドを大きく揺るがした貴族連合の反乱は、バルカの電光石火の作戦によって、きわめて短期間で終息を迎えたのである。

「俺って、マジで天才だな」

アシュタルテ城のバルコニー。

自分の才能に酔いしれながら、バルカは優雅に朝の珈琲を飲んでいた。忙しい日々が続いている。仕事前のほんのひととき。このくらいの、ささやかな贅沢は許されるだろう。

「若くてイケメンの『不敗の名将』。またの名を『伝説の軍師ヒラムの再来』。王都に凱旋すれば、俺にデートを申し込んでくる女の子が殺到すること間違いなしだな。今から楽しみだぜ」

キリキア産の高級珈琲は、素晴らしい香りがする。ほろ苦い大人の味。だがそれは、勝利の香りである。まさに俺にうってつけだな、とバルカは思った。

「シビーユの奴も、『色々と意地悪したけど……やっぱりバルカって素敵！』ってなって、俺に惚れ直すに違いない。そしたら俺、言ってやるんだ。『素直な君が一番かわいいよ』って。思わず頬を火照らせるシビーユを、俺は優しくそっと抱き締める。二人は互いをじっと見つめる。時が止まる。そして――」

身振り手振りを交えて、妄想を逞しくしていると、ウルリカが姿を現した。

「バルカ将軍。今すぐ、会議室に来て下さい」

「おっと、次はウルリカからデートのお誘いか。モテる男は困っちゃうね」

「どこの世界に、会議室へデートに誘う人間がいるんですか。早くして下さいね」

いつもながら、冗談の通じない娘だ。悠然と珈琲を飲み干してから、バルカは会議室へ向かった。

居並ぶ部下たちの中に、意外な人物の姿があった。

ぶかぶかの文官の長衣を身につけた、エメラルド色の髪の幼女である。

「エリッサじゃないか。どうしたんだ？」

王都でシビーユの補佐をしていたはずである。なぜ、ここにいるのか。

「バルカ！　会いたかった！」

バルカの姿を見るなり、エリッサは目を輝かせて抱きついてきた。

「もしかしてエリッサ、俺に会いたすぎて王都を飛び出してきちゃった？」

王女付き秘書官の彼女は、かつて侍従武官を務めたバルカとよく一緒に仕事をしていた。

その頃から、バルカは彼女を一人前の女性として扱い、熱心に口説いていた。

「幼女をデートに誘うとか……こいつロリコンなんじゃ？」

周囲には誤解されたが、そういうことではない。エリッサは、幼女とはいえ、れっきとしたカルケド王国の文官である。であるからには、立派な一人前のレディとして扱ってあげるのが、伊達男（だておとこ）の流儀であろう。もちろん、深い仲になるのは、彼女がちゃんと成人してからだ。

「幼女に頬ずりされて、まんざらでもない顔をしているぞ」

「バルカ将軍は、大人の女性に相手にされなくて幼女に手を出しているのか……」

案の定、部下たちが眉をひそめているが、言わせておけばいい。

「落ち着いたか、エリッサ？　何かあったのか？」

エリッサがここにいるのは、何か火急の知らせが生じたからだろう。

「そ、そうなんだよ。とんでもないことが起きたんだ」

いつも元気いっぱいのエリッサだが、今日は顔色が悪い。バルカは笑い飛ばした。

「おいおい、今まで俺が、どれだけ大変なことに直面したと思ってんだ。国王の敵前逃亡。帝国（ていこく）軍の侵攻。イトリア砦（とりで）の無血占領（せんりょう）。貴族たちの大反乱。今さら、大変なこと、なんて言われても、これ以上大変なことなんてあるわけがないだろ」

思い返してみれば、まことに波瀾万丈（はらんばんじょう）の半年間だった。イケメンで天才の自分だからこそ、乗り越えることができたのだ。

エリッサは、胡桃色の大きな瞳でじっとバルカを見つめた。そして、思いがけないことを口にした。

「ユグルタ公が王都を制圧したんだ」

「へ？」

一瞬、意味が分からず、バルカは間の抜けた声を発した。

「突然、攻めてきたんだ。王都は陥落して、シビーユも囚われちゃった」

「はあああ⁉」

想像以上に、「大変なこと」だった。バルカはあんぐりと口を開けた。

「ごめんなさい。シビーユが、ボクだけ逃がしてくれたんだ。ボク、ここまで来るのがやっとだったんだよ」

しょんぼりするエリッサ。ウルリカが、何かに思い当たった。

「もしかして、あれがきっかけですかね。ロラ河の増水……」

バルカ軍がユグルタ公領を通過した直後、大雨により、後背のロラ河が氾濫を起こすと

いう事象が生じた。これにより、バルカ軍とユグルタ公領との連絡は途絶えてしまった。

その隙をついて、ユグルタ公が行動を起こしたのだ。

「やってくれたな」

客将のラネールが溜息を吐いた。重苦しい沈黙が、会議室を包み込んだ。

やがて、ウルリカがぽつりと呟いた。

「ど、どうするんですか、将軍」

問いかける副官の少女の顔は、不安でいっぱいだ。

確かに、これはバルカにとっても意外すぎる展開だった。

「だけど、だけどだぞ」

味方を落ち着かせるように、バルカは言った。

「もし俺が、こんな万一の状況すら予測して、あらかじめ布石を打っていたとしたら、俺って超カッコよくない？」

第四章

1

円卓を囲む部下たちの顔を、バルカは見回した。

バルカの発言に、皆、一様に驚いた表情をしている。

「大丈夫。シビーユは無事だ。ユグルタ公が彼女を傷つけるようなことは、万に一つもありえない」

自信たっぷりに、バルカは断言した。

「そして、王都は俺が奪還する。もちろんシビーユもだ。心配するな、俺の言う通りにしてくれれば、必ず上手くいくから」

「何か、考えがおありなんですね⁉」

金色の瞳をぱあっと輝かせて、ウルリカが声を張り上げる。『不敗の名将』は頷いた。

「俺の師匠にあたる人がさ、昔、こう言ってたんだ。逆境においてこそ、その人の真価が試される、って」

　亡き人の顔を、バルカは思い出す。しわくちゃの顔で、彼はたくさんのことを教えてくれた。ヒラムが授けてくれたのは、軍略だけではなかった。彼の言葉は、バルカにとって人生の指針となっている。

「今は、確かにまずい状況だ。だけど、俺の真価を見せつける絶好のチャンスだと思わないか？」

　部下たちは皆、バルカの知謀に強い信頼を寄せている。葬儀会場のようだった会議室が、急速に明るさを取り戻していった。

「バルカ将軍が、そうおっしゃるなら」

　部隊長の一人がそう言うと、エリッサもうんうんと頷いた。

「それでこそバルカだよ。よかった、ここまで来た甲斐があったよ」


　カルケド王家の象徴たる聖メルカルト宮は、今やユグルタ公の手の内にあった。

　美しい大理石の床に、イルカを描いたモザイク壁画。装飾に彩られたこの小部屋は、『貝殻の間』と呼ばれている。カルケド芸術の粋を凝らした、壮麗な空間である。

優雅な社交の場として用いられることの多い部屋だが、今、ここで向かい合う男女は、そのような友好的な印象とは無縁であった。

黒縁の眼鏡の奥で、ユグルタ公の瞳が邪悪な光を放った。

「さあ、シビーユ殿下。今すぐ市民たちに向けて公表するのです。自分は忠実なる臣下にしてもっとも信頼できる貴族である、この私――ユグルタ公と結婚すると」

「絶ッッ対、お断りよ！」

浅緑色の瞳をぎらつかせて、シビーユはユグルタ公を睨みつけた。

「誰があなたなんかと結婚するもんですか！」

王都を占領して以来、ユグルタ公は毎日のようにシビーユの下に足を運び、こうして結婚を迫っているのだった。

シビーユは、ユグルタ公の許可がない限り自室から出ることを禁じられている。まさに生殺与奪を握られている状態だ。だが、だからといって卑劣な脅迫者に屈するわけにはいかなかった。

「あなたと結婚するくらいなら、王宮の地下に住むドブネズミとでも結婚する方がマシだわ！」

激しい拒絶の言葉に、だがユグルタ公は恍惚の表情を浮かべた。ひくひくと鼻が動いている。

「さすがシビーユ殿下。怒ったときの匂いもかぐわしい」

「……は？」

「ああ、失礼。私はこう見えて、匂いに敏感な男でしてね。特に若い女性の匂いが大好物なのですよ」

秀麗なユグルタ公の顔が、一気に崩れた。気持ちの悪い笑みを浮かべて、彼は呟いた。

「怒ったときの匂い。喜んだときの匂い。悲しみにくれる匂い。ああ、どれもたまりませんなあ」

「き、キモ……」

さすがにシビーユが嫌悪感を露わにすると、ユグルタ公は愉悦の輝きを満面に浮かべた。

「ああ、いいですねえ、その不快感を剥き出しにした女性特有の匂い！」

自分に酔いしれるような声だった。

「ですが、私が何よりも好きなのは、私の腕に抱かれ、私の愛に包まれながら、快楽に打ち震える女性の匂いです。これこそ至高です」

いつだったか、エリッサが「ユグルタ公は自分のことを素敵な紳士だと思ってる」と言っていたが、とんでもない話である。それにしても、ここまで本格的な変態だとは……。

「王都を制圧した今、私こそが、この国で最高の貴族です」

自尊心を剥き出しにして、ユグルタ公は言った。

「その私があなたの伴侶になろうというのだ。あなたにとっても、悪い話ではないと思いますが？」

その言葉に、シビーユは黙り込んだ。ユグルタ公に対しては嫌悪感が先に出るが、言っていることは、そこまでデタラメでもないのだ。

国王が逃亡し、国土は帝国軍の侵入で荒廃、貴族たちは王家に反乱を起こす始末だ。カルケドは危機的な状況にある。

唯一の王位継承者であるシビーユが有力な貴族と結ぶことで、国内をまとめ上げる。確かに、選択肢としては妥当なところだ。

シビーユには、王族としてこの国を守る責任がある。自分の私的な恋愛感情よりも、国益が常に最優先される。

「それでも……」

シビーユの瞳が、ユグルタ公を鋭く射貫いた。

「私は、あなたなんかとは組まないわ」

「強情な方だ、シビーユ殿下は」

眼鏡の奥で、ユグルタ公の瞳が再び、妖しく光った。すると、公の側に控えていた顔色の悪い男が、卑屈な笑みを浮かべながら前へと歩み出た。

「どうやら王女殿下は、ご自分の立場をわきまえておられぬようだ」

礼服を完璧に着こなしたその男は、おそらくユグルタ公の執事であろう。舌舐めずりをしながら、彼はねちっこく呟いた。

「シビーユ姫。カルケドの至宝」

自己陶酔の響きが、その声にはあった。

「敬愛する主君ユグルタ公のおんために、このわたくしめが一肌脱ぎましょう」

何をする気なのか。薄ら笑いとともに、執事は両手を広げた。

「こう見えてもこのわたくし、女を従わせる術には、いくつか心当たりがございましてな。一国の姫とはいえ、しょせんは一人の女。わたくしめにかかれば、どんな気の強い女でも簡単に――」

執事の能弁が、不意に中断した。

ぱあん、と、大きな乾いた音が、王宮いっぱいに響き渡った。ユグルタ公がぎょっとして、腰を抜かしかけたほどだった。

つかつかと近寄ったシビーユが、いきなり執事の頬をはたいたのである。か細い少女の手から繰り出されたとは信じられぬほど、容赦のない一撃だった。執事はその場にへたり込んでしまった。

「ひ、ひいっ」

先ほどまでの威勢はどこへやら。情けない声を上げて、執事はその場にへたり込んでし

「どうやらあなたにできることは、無抵抗の女を従わせることだけのようね」

おそらくこの男は、奴隷や捕虜、召使いといった立場の弱い人間が相手なら、どこまでも強気に出られるのだろう。そして、弱者を相手に、様々な「実績」を積み上げてきたのだろう。シビーユがもっとも嫌悪を覚える手合いだった。

「私に危害を加えるつもりなら、やってみるといいわ！　十倍にして返してあげるから！」

シビーユは腰に手を当てて、勇ましく啖呵を切った。

執事は彼女のことを、か弱い深窓の姫君と思い込んでいたのだろう。だが、シビーユはそうではなかった。

「ユ……ユグルタ公……お助けを……」

何ならもう一発、とばかりにシビーユが一歩前に踏み出すと、執事は赤く腫れた頬を押さえ、床を這いずりながら主君に懇願した。

だが——。

「この下種が！」

　そう叫ぶと、無情にもユグルタ公は脚で執事の顔面を蹴り飛ばした。悲鳴を上げ、鼻血を撒き散らしながら、男は床を転げ回った。

「シビーユ殿下を傷つける者は、私が許さん。立ち去れ。貴様など、もう私の部下でも何でもない。二度とその不快な面を見せるな」

　ユグルタ公が毅然として言い放つと、執事は血に塗れた顔を押さえながら、その場から逃げ出した。困惑したように、別の部下が公に進言した。

「閣下、よろしいので？　あの男は今まで、幾度も閣下のお役に立ってきましたが……」

「常々、言っているだろう。私が何よりも好きなのは、私の腕に抱かれ、私の愛に包まれながら、快楽に打ち震える女性の匂いだと。それが理解できぬ輩など、この私には必要ない」

　真剣そのものの表情で、ユグルタ公は自らの「美学」を語った。

「あくまでも自発的に、シビーユ殿下が私を愛するようになることが肝要なのだ」

「そんな日は、永遠に来ないわ」

　シビーユの瞳に鋭く射貫かれて、ユグルタ公は肩をすくめた。

「……これは嫌われたものですね」

ユグルタ公の態度には、余裕がある。あるいは、余裕があるように、巧妙に装っているのか。だが、状況は確かに彼に味方している。王都とシビーユを手中に収め、今やカルケドで最高の権力者となったことは間違いない。

「言っておきますが、バルカ将軍は来ませんよ。おそらく彼は、メネス公との戦いの最中でしょう。もしかすると、すでに敗れてくたばっているかも……」

「いいえ」

浅緑色の瞳に強い意志を滲ませて。

背筋を伸ばし、誇り高く前を向いて。

決然として、シビーユは断言した。

「来るわ。絶対に、彼は私を助けに来るわ」

それだけが、シビーユにとっての希望だった。

2

聖メルカルト宮、海を臨む庭園。

薄桃色のハマヒルガオの花が、すっかり枯れていた。

王女シビーユが、自ら育てていた花々だ。世話をする者がいなくなって、庭園は荒れる一方だった。

この庭園は、港に入ってくる船の上からも眺めることができる。いや、むしろ船上からの景色こそが、最も美しい庭園の鑑賞方法だと考える人も多い。

「今年も、ハマヒルガオが素敵な花をつけているな」

それを確認して、王都に戻ってきたことを、船乗りたちは実感するのだ。

だが、それももう今年は望めない。

ユグルタ公は、自嘲の溜息を吐いた。誰あろう、彼自身が、この結果を招いたのだ。

王家を象徴する庭園は、ユグルタ公にとっても憩いの場所であった。花の咲き乱れるこの庭園で、彼の妻となった美しいシビーユと歓談する光景を、彼は何度、思い描いたことだろうか。

「うまくいかないものだな」

再度、ユグルタ公は溜息を吐いた。

発端は、メネス公による、貴族連合結成の呼びかけだった。

「ユグルタ公。そなたにも、国を憂う気持ちがあるだろう？　帝国の重圧をはねのけ、バルカのごとき成り上がり者を排除し、我ら大貴族がカルケドの未来を担おうではないか」

そう言われ、彼を盟主とする反乱軍に加わった。だがその選択は失敗だった。メネス公は、自分がシビーユ王女と結婚したいだけだ。自分は彼に上手く利用されたのだと気づき、ユグルタ公の心には迷いが生じた。

どう動くべきか。次の手を模索するユグルタ公の下へ、大胆にもバルカが接触してきた。自分に協力するなら、王女と結婚させてやるというのである。

罠の可能性を疑いつつも、彼はその誘いに乗った。メネス公とバルカが争えば、自分は無傷のまま漁夫の利を得ることができる。損はない、と考えたのだ。

だが、ここで悪魔が彼を誘惑した。

「閣下。今なら、王都はがら空きですぞ」

発端は、部下の一人がそう進言してきたことだった。

「バルカとメネス公が争っている間に、王都を制圧し、シビーユ王女の身柄を押さえましょう。そうしたら、この国は閣下のものですぞ」

その提案を、当初、ユグルタ公は一蹴した。

「何を言う。私はバルカに協力することにしたのだ。そんな節操のないことはせん」

ユグルタ公は、別にバルカとの盟約を大事に思っているわけではない。だが、彼は損得勘定のできる男である。ここで冒険をしても、リスクとリターンが見合っていない。賢い選択とは思えなかった。

「それに、奴のことだ。私がよからぬ企みをしたところで、とっくにお見通しだろう。私が王都へ進軍している間に、反転したバルカ軍に背後を突かれたらどうする?」

ところが、ここで思わぬ事態が生じた。ユグルタ公領の西部、メネス公領との境目付近を流れるロラ河が、大雨によって増水したのだ。それは、バルカ軍がロラ河を渡ってメネス公領へと向かった直後の出来事だった。

ロラ河は、一度水かさが増すと、なかなか元には戻らない。その間、ユグルタ公領とメネス公領の連絡は絶たれることになる。

つまり、バルカ軍なりメネス軍なりが、彼の領土に攻めてくることは、当分はないということだ。

「条件は整いました、閣下。さあ、ご指示を!」

そう促され、ユグルタ公の心は揺らいだ。

確かに、今、全軍を集めて王都へと進軍すれば、攻略は容易い。

いかにバルカが天才でも、天変地異まで予測するなどありえない。誰にも遮られることなく、王都を制圧することができるだろう。嘘か真か分からないバルカの約束を当てにするよりも、よほど確実にこの国とシビーユを手に入れることができる。

やってみる価値はあると思った。

「シビーユ王女という、極上の花を手に入れるのだ。それくらいのリスクはとらないでどうする」

自分に言い聞かせ、彼は決断に至ったのだった。

半年前の自分ならば、そのような決断はできなかっただろう。バルカという若者が華々しい活躍をしていることに、ユグルタ公にも思うところがあったのだ。自分はこのままでよいのか、と。

電撃的な作戦は、思いのほか、うまくいった。バルカとメネス公が争っている間に、がら空きになった王都を制圧し、シビーユ王女の身柄を確保することができたのだ。

「我ながら、惚れ惚れするほど鮮やかな行動だったたな」

たちまちユグルタ公は、有頂天になった。やはり判断は間違いではなかったのだと確信した。

だが、すぐに彼は現実に直面する。二つの誤算があったことを、彼は認めざるを得なかった。

一つは、バルカとメネス公の戦いが、想定していたより遥かに早く決着してしまったことだ。両者が争っている間に王都周辺の諸地域を掌握するつもりが、まだ不十分なうちにバルカ軍を迎え撃たなくてはならなくなった。

「メネスの奴め、何と情けない」

身勝手な理由でユグルタ公は歯ぎしりしたが、今さらどうしようもない。王都に立てこもって、戦いに備えるのみである。

もう一つは、シビーユ王女が、意外に強情なことである。自分が熱心に口説き落とせば、必ず王女も折れてくれるだろう。そうユグルタ公は考えていた。そもそも、結婚を餌に協力を求めてきたのは、王女の側である。だが。

「何のこと？　私、あなたと結婚するなんて言った覚えはないわよ」

シビーユは、あくまでもそうすっとぼけている。あるいは、バルカがもちかけてきた話が、そもそも嘘だったのか。真相は分からないが、いずれにせよシビーユは強固に彼を拒絶している。

彼女の振る舞いから感じられるのは、バルカへの強い信頼であった。

必ず彼が助けに来るものだと信じている。

「それだけ『不敗の名将』の才覚を頼みにしているのか？　それとも、まさかこの王女……バルカに惚れているのか？」

いずれにしても、バルカ軍を撃退し、奴を殺すか捕らえるかしない限り、ユグルタ公に未来はない。

「バルカ軍が王都に迫っていることを、絶対に王女に知られてはならぬ」

これまでユグルタ公は、シビーユを彼女の私室に軟禁していた。だが、開けたバルコニーのあるその部屋では、外からの音が届いてしまう。バルカ軍が王都を包囲するような事態になれば、王女はそのことに気付くだろう。

ユグルタ公は部下を呼びつけ、シビーユの身柄を地下の小部屋に移した。そして城壁の守りを固めたのである。

3

薄暗い地下の小部屋で、シビーユはこれまでの出来事を思い起こしていた。

反乱軍討伐のためにバルカが出発したのが、ずいぶんと前のことに感じられる。兵力では劣っているが、バルカの表情には余裕があった。貴族連合は打算と欲得によって結びついた烏合の衆である。きっと彼の敵ではないだろうと、シビーユは確信していた。

ところが、その数日後。突然現れた軍隊が、王都を包囲した。恐るべき暴挙に打って出たのは、ユグルタ公であった。

王都にはわずかな兵しかいない。陥落は必至だった。

「シビーユ！　早く逃げないと」

秘書官のエリッサは、そうシビーユに促した。確かに、逃走は可能だ。ユグルタ公には海軍戦力がなく、船で脱出することは容易だった。

だが、シビーユはその手段を選ばなかった。

「だめ……私は、逃げるわけにはいかないわ」

父王の「敵前逃亡」により、ただでさえ王家は国民の信頼を失っている。王女までが市民たちを見捨てて王都から逃げてしまえば、王家の権威は取り返しがつかないレベルにまで失墜する。それは避けなければならなかった。

「あなただけでも逃げて。逃げて、バルカに伝えて」

そう言って、シビーユはエリッサを小舟に乗せ、王都の外へと逃した。

直後に王都は陥落、シビーユも虜囚の身となった。

シビーユの記憶にあるユグルタ公は、立ち振る舞いこそ立派な貴族だが、大した行動力は持ち合わせぬ凡人である。そんな彼が、これほど思い切った行動に出るとは。おそらくバルカの想定にもないだろう。

それとも……彼ならば、こんな事態も、考慮に入れていただろうか。

毎日のように、ユグルタ公はシビーユに結婚を迫ってくる。だが彼に屈するという選択肢は、シビーユにはなかった。

それは、彼に対する個人的な嫌悪の念だけが理由ではない。

王家に生まれた者として、シビーユにも理想がある。

すべての国民が、餓(う)えることなく、平和で幸せな毎日を過ごすことのできる国。

身分に関(かか)わりなく、誰もが実力次第(しだい)で頭角を現すことのできる国。

そして……誰もが地位や立場のしがらみを受けず、自分が愛する相手と結婚できる国。

そういう国を、シビーユは創(つく)りたかった。

平民出身のバルカを抜擢(ばってき)したのも、その一環(いっかん)だ。彼のような者が、これからのカルケドには必要なのだ。ユグルタ公ではシビーユの理想とする国を創ることはできない。

「だから、何があろうと私は彼を拒(こば)むわ。どんな策(て)を使ってでも……」

とはいえ、シビーユは監禁(かんきん)されている身である。打てる策は、ほとんどない。

唯一の希望は、やはりバルカである。

「今日のユグルタ公は、少し様子がおかしかったわね」

彼はシビーユに結婚を申し入れている身である。なるべく彼女に嫌われるようなことはしたくないはずだ。

それなのに、シビーユの身柄を私室から暗い地下の小部屋に移した。絶対に逃がしたくないということなのかもしれないが、今になってそんな行動に走るのは、やや不自然な処置であるように思えた。

考えられる可能性が、一つだけあった。もしかすると、バルカの軍勢はもうすぐ近くにまで迫っているのかもしれない。だからバルカ軍の声が届かないような、こんな地下室にシビーユを閉じ込めたのかもしれない。

「……なんてね、そんなことはないか」

あまりにも都合のいい希望的観測に、シビーユは自嘲した。ユグルタ公の言うとおり、バルカは今頃、まだメネス公と戦っているはずだ。王国最大の貴族との戦いが、そんなに早く決着するはずがない。

それでも、数々の奇跡を起こしてきたバルカだ。

「バルカ……助けて……」

都合のいいことを言っているのは、分かっている。私は彼を利用したのだ。利用されていると分かっていながら、彼は私を何度も助けてくれた。十分すぎるほど、彼は私のために尽くしてくれた。これ以上のことを期待するのは、虫がよすぎるというものだ。

そうと分かっていながら、だが、シビーユは呟かずにはいられなかった。

「バルカ……助けてよ……」

そのときだった。

聞こえるはずのない声が、聞こえてきたのは。

「俺のことを呼んだか、シビーユ」

4

「なぜ、私はここにいる……」

元・ラコニア帝国の将軍で、現在はカルケド王国の客将を務めるラネールは、呆然として我が身を顧みた。

貴族連合軍の壊滅、そしてユグルタ公の王都奪取。激震のカルケド王国において、期待を一身に背負ったのは、『不敗の名将』とも呼ばれる救国の英雄・バルカだ。

メネス公を降した後、バルカはその配下の兵を吸収し、新たに軍を再編した。王都を奪還しシビーユ王女を救いたい、名将と名高いバルカ将軍の下で戦いたいという兵士たちが新たに加わり、麾下の数は大きく増大した。

　そして今、愛国心に燃える彼らカルケド兵の総指揮を執(と)っているのは——なぜかバルカではなく、ラネールだった。

「この私が、カルケド王国正規軍の、最高司令官代理だと⁉　いったい何がどうなっている⁉」

「一介(いっかい)の平民が最高司令官になったり、十二歳(さい)の幼女が王女の秘書官を務めている不思議の国だよ？　何が起こってもおかしくないよ？」

　王女付き秘書官のエリッサが、ラネールの言葉を笑い飛ばした。

「ラネール将軍。俺が不在の間、代理を務めてくれ」

　バルカがそう言い出したのは、ほんの二日ほど前のことだ。今思い返しても、何を言われたのか分からない。帝国から降ったばかりの自分を最高司令官の代理に据(す)えるとは、あの男はいったい何を考えているのか。

　軍をラネールに任せ、バルカは本当にどこかへ行ってしまった。あまりの大胆さに、ラネールの理解が追いつかない。

「まだ今の状況に馴染(なじ)めていないんですか？　いい加減、覚悟(かくご)を決めて下さい、ラネール将軍」

　そう諭(さと)すのは、副官のウルリカだ。このあどけない十代の少女が最高司令官の副官というのも、訳が分からない。もう少し、軍務経験の豊富な人材はいなかったのか。

「あたしだって、バルカ将軍から最高司令官付きの副官に任命されたときは、ひっくり返るほど驚きましたよ。下級兵士のあたしが何で、って思いました。でも、案外何とかなるものです」

「しかし、兵士たちは私の言うことなどに従うのか？ カルケドの兵士たちが、元帝国軍の私に……」

ラネールは、己の分際をわきまえている。唯々諾々と兵士たちが自分の命令に従うとは、とうてい思えなかった。

「元ラコニア帝国将軍のあなたには従わないでしょう。でも、『バルカ将軍が任命した最高司令官代理』には従います」

半年にわたる帝国軍との戦いで、バルカと生死を共にしてきた兵士たちである。休暇をくれとか、給料を上げろとか、色々と文句は言うが、バルカへの信頼は絶大であった。その彼が、信頼する、というのなら、多くの兵は従うだろう。それがウルリカの説明だった。

「わ、分かった」

それはそれで自分がないがしろにされているようで面白くなかったが、王都カルケドには彼の妻と娘もいる。家族を助けたい思いは、兵士たちと同様であった。

「当面の手筈は、すべてバルカ将軍が整えています。言われたとおりにやればいいだけですよ」

ウルリカの言葉に、ラネールはただ頷くのみだった。

本当に大丈夫なのだろうか。ラネールの懸念とは裏腹に、彼の率いるカルケド王国正規軍、通称バルカ軍は、この上なく上手く回っていた。

いやそれどころか、ラネールの指揮下で、バルカ軍にはいい化学変化が生じていた。

「司令官代理どの、食糧の調達が遅れています。計画を見直して、人員を多めに割いた方がよろしいのでは？」

「今日は味方の疲労が激しいようなので、野営の準備を早めてもいいっすかね？　バルカ将軍ならそうしたと思いますが」

「メネス公領で新たに志願してきた兵士たちについてですが、昨日のうちにオレが鍛えておきました。いやいや、司令官代理の手を煩わせたりはしませんって」

これまで、『不敗の名将』バルカの知謀に頼り切りだった士官たちが、自発的に行動し、提案するようになってきたのである。

「司令官代理は、とにかく頼りないからなあ。オレたちで何とかしなきゃ」

ラネールがあまりにも無能だと、単に部下たちから見放されて終わりだっただろう。だが、特別有能でも無能でもないラネールは、「頼りにはできないが、見放すほどでもない」という、ちょうどいい塩梅だったのだ。

「バルカ将軍は、ラネール将軍のことを『超平凡』と評していましたが、本当に、絶妙の平凡具合ですね」

ウルリカの言葉に、エリッサが頷いた。

「本当にそうだよね。周りの人間が、ちょっとだけ手を貸したり、助言したくなるんだ」

「偶然……ではなさそうですね」

「そりゃ、バルカのことだからね」

これまでのバルカ軍は、バルカという天才ひとりに極端に依存した組織だった。『不敗の名将』に対する絶大な信頼こそが、彼らの強さだった。だがこのような組織は、いざ絶対的なトップが不在になると、何もできなくなるという危うさをはらんでいる。

そこでバルカは、余裕のあるうちにあえて自身と部下たちを切り離し、彼らに自ら考えて動く機会を与えようと、常々考えていたのだ。そこでラネールである。結果として、この客将の下で、バルカ軍は著しい成長を遂げつつあった。

「やっぱり、バルカ将軍はすごい……」

ラネールに司令官代理を任せるとバルカから聞かされて、ウルリカは困惑したたし、ラネール自身も驚いていた。だが、結果を見ればこの通りである。バルカという人は、いったいどこまで先を見通すのか。

降伏したメニ伯の領土を通過し、ラネール率いるバルカ軍は、王都へと到達した。ラネールはバルカの事前の指示通り、軍を二つに分け、王都カルケドから外へと通じる二つの城門付近に集結させた。ぎりぎり、敵の矢の届かない範囲である。

敵が王都から出撃する様子はない。これも、バルカに言われていた通りだった。

この状態で次の連絡を待てというのが、ラネールへのバルカの指示である。だから言われた通りにしたのだが、正直なところ不安で仕方がない。本当にこれでいいのか。

「城門を取り囲んだところで、意味はあるのか？」

こちらには海軍がない。そして王都は海上貿易で栄える港町だ。敵は海路を通じて補給を得ることができる。陸と海、両方を封鎖しないと包囲したことにはならない。

ウルリカは、肩をすくめた。

「仕方ないでしょう。海路を封じるのは無理なんですから」

「攻城兵器の準備がないが、それでいいのか？」

「王都の守りは堅固です。多少の攻城兵器なんて、どうせ何の意味もないですよ」

「兵糧の備蓄も少ないぞ。どうするんだ」

「長期戦になれば、帝国軍が攻めてきて負けます。兵糧なんか蓄えても仕方がありません」

「いやいや、これでどうやって戦うんだ！」

ラネールは怒鳴った。これで勝てるとは、とうてい思えない。

「何を言っているんですか」

ウルリカのアクアマリンの髪が、風になびいて揺れた。

「もう事態は、バルカ将軍の掌の上に乗っているんです。あの方はきっと、こんな状況も想定して、ずっと前から準備していたんですよ。だから大丈夫です。あの人、軽薄で女の子のことしか頭にないロクデナシですけど、知略は超一級ですからね」


「何だ、あの配置は」

街をぐるりと取り囲む城壁の上から敵軍を視察し、ユグルタ公は困惑した。

「『不敗の名将』にしては、あまりにも平凡な用兵ではないか」

全軍を二つの部隊に分割し、バルカ軍は王都の二つの城門を封鎖した。

はっきり言って、稚拙である。部隊を分けるのは各個撃破してくれと言っているようなものだし、城門を封鎖したところで、王都の中にある港はユグルタ公が掌握している。海路を使って外との連絡や補給物資の運搬は可能だ。何の意味もない策である。

「今なら、簡単に撃破できそうな気がしますが」

部下の楽観論を、ユグルタ公は一蹴した。

「そんなわけがあるか、愚か者めが」

メネス公などとは異なり、彼はバルカの才能を、決して過小評価していない。実際、彼はラコニア帝国の大軍を何度も降している。恐るべき策を秘めていると考えるべきだ。

「それこそ奴の罠だ。そう思って出撃したら、痛い目に遭うぞ」

何しろ、相手は『伝説の軍師ヒラムの再来』だ。どれだけ警戒しても、十分ということはない。それにユグルタ公は、自分自身の才覚に自惚れてもいなかった。慎重に対処しなければならない。相手は、自分以上の才を持つ男だ。手抜かりがあると、確実にそこを突かれると思った方がいい。

「とにかく城門付近の……いや、城壁全体の守りを厚くしろ」

眼鏡の貴公子はそう指示して、王宮へと戻っていった。

5

「俺のことを呼んだか、シビーユ」

シビーユは耳を疑った。

それも当然だ。どうしてこの地下室で、バルカの声が聞こえるのか。驚きのあまり硬直していると、石壁の一部分が突然横にずれ始めた。そして、そこから焦茶色の髪の青年――バルカの顔が現れた。

「レディの部屋にノックもせずに入る失礼、許してくれよ」

「バ、バルカ!? あなた、どうしてここに……」

「しっ、声が大きい」

慌てて、シビーユは口をつぐんだ。部屋の外には、ユグルタ公の息のかかった見張りがいる。

バルカは壁にできた狭い通路を匍匐前進で抜け、埃を払って立ち上がった。幻覚でも、亡霊でもない。いつものように穏やかな笑みを浮かべながら、『不敗の名将』と呼ばれる若者はシビーユの前に立っていた。

シビーユは静かに声を震わせた。

「ほ、本当に来てくれるなんて思わなかった……」

「な？　俺、イケメンだろ？」

衣服はところどころが裂け、全身が埃と泥と汗に塗れている。貧民街の浮浪者でも、もう少しまともな身なりをしているだろう。だが、シビーユは彼の姿をみっともないとは思わなかった。

「うん……」

素直に、シビーユは頷いた。顔が火照るのを、彼女は自覚した。

「でも、どうやってここまで？」

バルカが戦争の天才であることを、シビーユは知っている。だが同時に、彼が神ならぬただの人であることも承知している。いくらバルカでも、不可能を可能にはできない。ユグルタ公の警護の網を突破してこの地下室まで辿り着くことは、ほとんど不可能な芸当だと思っていたが……。

「それを話すと、長くなるんだが」

「じゃあ、後回しね」

見張りに見つかるとまずい。のんびりと話をしている時間はない。

「で、これからどうするの？」

「それは、これから考える……かな？」

シビーユは、愕然とした。

「はあ⁉　ま、まさか、何のプランもなく、私に会いたい一心で……？」

「いや、ないわけじゃないんだが、細かいことはこれから考えようかと」

「細かいプランもなしに、どうしても私に会いたくて？」

「うるせえな、何言わせようとしてんだ。ああそうだよ、お前に会いたい一心でここまで来たんだよ。悪いか」

そう言って、バルカは顔を逸らした。どうも、照れているようだ。

「ちょっと、やめてよ……」

言わせておいて今さらだが、真顔で言われると、こちらも恥ずかしくなる。

「とりあえず、ここから脱出したいんだが、それでいいか？」

壁にぽっかりと空いた穴を、バルカは指差した。彼が今やってきた道を逆に辿れば、王宮から脱出できるらしい。

「ええ。かまわないわ」

「では、この薄汚いドブネズミめがエスコートいたします、お姫さま。多少、難儀な脱出路となりますが、ご容赦を」

わざとらしく気取って、バルカは一礼した。

何とも頼もしいドブネズミだと、シビーユは思った。

「この地下道は……いったい何なの？」

驚愕とともに、シビーユは泥と埃と蜘蛛の巣に塗れた通路を歩いている。

バルカの掲げるたいまつの炎だけが、闇の中で光を放っていた。

小部屋に通じる穴は綺麗に埋め戻したので、敵がこの通路に気付くことはないだろう。

それでも、いつ追っ手が現れるかと、気が気でないシビーユだった。

「王都の地下深くに、こんな通路があったなんて」

王家に生まれたシビーユすら知らない、秘密の通路ということになる。そんなものを、なぜバルカが知っているのか。

「それに、メネス公たちとの戦いはどうなったの？　エリッサとは会えた？　味方は、もう近くまで来ているの？」

シビーユとしては、知りたいことだらけである。質問攻めにされて、バルカは苦笑した。

「ええと、順番に話すな？」

ユグルタ公と取引をして彼の領土を無血で通過し、メネス公領に直接侵入したこと。偶然遭遇したメネス軍を撃破し、彼の居城であるアシュタルテ城を包囲して陥落させたこと。メネス公は捕虜となり、反乱軍に加わった貴族たちが次々と降伏したこと。そこへエリッサが現れ、王都の陥落を知ったこと。それらのことを、バルカはシビーユに語った。

「よかった。エリッサは無事、あなたの下へ辿り着いていたのね」

シビーユは安堵した。内乱によりカルケド国内は混乱し、治安も悪化している。危険な道のりだったはずだが、エリッサは見事に王女の期待に応えたのである。

「ああ。彼女から事情を聞いて、俺は王都に潜入することを考えた。お前が人質にされている状態では、都を包囲したところで手も足も出ないからな」

軍をラネールとウルリカに任せ、バルカは単身、王都にほど近いセブカという港町に向かった。そしてそこから商船に乗り込んで王都へと向かったのである。

バルカは軍を率いて陸から来るものと、ユグルタ公は思い込んでいる。だから城門を深く閉ざし、陸からの人の出入りは厳重にチェックしていた。だが海路での人の往来については、警戒が緩かったのだ。

王都カルケドは海上貿易で栄える交易都市であり、毎日、多くの商船が港に入ってくる。また、カルケド海軍の主力は国王の聖地巡礼に随行しており、人手が不足している。現実問題として、船で出入りする人間を厳しく検問するなど不可能な話であった。

まんまと王都に潜入を果たしたバルカは、シビーユが地下の小部屋に監禁されていると推測した。ラネールが司令官代理を務めるバルカ軍は、もう王都のすぐ傍にまで迫っている。彼らの声が聞こえたら、味方が近くまで来ていることがシビーユにばれてしまう。ユグルタ公としては、避けたいところである。だから彼は、シビーユを外の音が聞こえない地下に追いやるしかないはずだ――そう彼は確信した。

「で、だ。地下なら好都合だと俺は思った」

海に面した王都カルケドは、地下水に乏しい。どこを掘っても塩混じりの水しか出ず、常に飲み水が不足する。そこで近くの山に取水池をつくり、水道橋によって市内へと運び、地下に整備した貯水槽に真水を貯めるという仕組みを構築していた。王都の地下には、膨大な数の貯水槽が存在しているのである。聖メルカルト宮の地下階にも、宮殿に出入りする人々に飲み水を供給するための地下貯水槽設備がある。

そして、それらの貯水槽を繋ぐため、かつて巨大な連絡通路網が作られた。その通路は、当然のことながら聖メルカルト宮の地下階へも通じていたのだ。

「そして、老朽化が進んで今は使われなくなった、その複雑極まりない巨大な地下連絡通路を最もよく知る男が、このバルカくんというわけさ」

父が侍従武官をしていたことから、シビーユと仲良くなったバルカ。だが、ある事件がきっかけで、彼はシビーユと会うことを禁止されてしまう。

「どうしても俺は、シビーユちゃんに会いたい！」

その一心で、どうにか外から宮殿に忍び込めないか研究に研究を重ねた幼いバルカが発見したのが、この地下通路であった。

「思い出した。面会禁止令が出た少し後に、あなた王宮に忍び込んできたことがあったわよね？」

「ああ。結局、見つかって大騒ぎになったけどな」

バルカが口を割らなかったため、一体どこから侵入したのか誰も分からず、皆が首をかしげていたが、実はこの地下通路から侵入を果たしていたというわけである。

「ユグルタ公がお前を地下室に移してくれたおかげで、こうして地下通路を使ってお前を助けに来れたってわけさ」

老朽化により、地下通路は何十年も前に閉鎖され、地下通路と王宮の地下階の出入り口も封鎖された。だが、地下通路の壁に少し細工をすれば、先ほどのように王宮の地下の小部屋に抜けることができるというわけだった。

たいまつを片手に、バルカは泥まみれの狭い道をすいすいと歩いていく。途中、何度も分岐点に出くわしたが、彼は全体の構造を完全に把握しているようだ。ためらうことなく、目的地へと進んでゆく。

「本当に迷路なのね」

シビーユは驚いている。計画的に設計されたわけではなく、必要に応じてあちらこちらを繋いだ結果として出来上がった巨大連絡通路網なのだろう。かなり複雑怪奇なつくりだ。

「一見すると、な。だけど、作った奴は別に『よし、迷路をつくろう』と思って作ったわけじゃない。大がかりな貯水槽と、連絡通路を頑張って作った結果がこれだ。だから貯水槽を整備する人の気持ちになれば、自ずと正しい道筋が見えてくる」

「貯水槽を整備する人の気持ちなんて分からないわ」

「庶民の心を理解できないようでは、よき為政者にはなれませぬぞ？」

しかつめらしい顔で、バルカはしわがれた声を捻り出した。シビーユが笑う。

「私の家庭教師をしてくれたシレノス卿の真似ね。懐かしいわ」

通路は、歩きやすいとは言いがたい。かなり脚が疲れてきた。天井からは水が漏っているし、悪臭が鼻を刺激する。空気は埃っぽく、壁に手をつくと泥に塗れている。それでも弱音を吐かず、シビーユはバルカの後に続いた。

6

階段を上がると、そこは小さな水汲み場だった。地上に出ることができたのだ。シビーユは深呼吸をした。日はすっかり暮れている。

王都カルケド、南部地区の裏路地であった。比較的下層の平民たちの住宅街で、シビーユにとってはあまり馴染みのない、治安のよくない地区だ。だがバルカにとっては歩き慣れた下町なのだろう。

「気をつけろよ」

紅い目を光らせながら、バルカがそっと囁いた。

「街中のいたるところに、ユグルタ公の配置した憲兵が立っているからな」

シビーユは気を引き締めた。見つかったら、今までの苦労が水の泡である。

改めて、自分の服装を確認した。泥塗れになってしまったが、特徴的な赤い刺繍の入った青いドレスは、見る人が見ればすぐに王女の衣装だと気付くだろう。

「変装でもしてみようかしら」

衣服はどこかで調達するとして、問題はハマヒルガオの花に似た薄桃色の長い髪、それに浅緑色の瞳である。どうにかごまかせないだろうか。

「やめとけ。どうせバレる」

バルカは首を左右に振った。

「自覚ないかもだけどさ。お前の瞳って、すごく特徴的で、一度見ると忘れられないんだ。だからどんな姿に変えたとしても、目を見れば一発で分かる」

「こんなときは、自分の美貌が恨めしいわ」

「そうだな」

冗談のつもりだったが、バルカが真顔で頷いたので、シビーユは反応に困った。

「王都から脱出するのは、ちょっと難しいな」

「そもそも、出ないわよ、私。王女に見捨てられた、なんて市民たちに思われたくないもの」

「……」

バルカは、まじまじとシビーユを見つめた。

「ん？　どうしたの？」

「いや、やっぱシビーユちゃんカッコいいなって、惚れ直した」

「やめてよ、照れるじゃない」

バルカがどこまで本気なのか、分かりかねるシビーユだった。

「でも、それでいい。王都の中で身を隠せるところに行こう」

慎重に周囲の様子を探り、うまく人目を避けながら、バルカは歩いていく。彼の背中に隠れるようにして、シビーユは後に続いた。

「ここだ」

バルカが案内したのは、薄汚れた粗末な木製の小屋だった。

いつ倒壊してもおかしくなさそうな、みすぼらしい廃屋である。茅葺きの屋根は腐敗が進み、ほとんど崩れかけている。土壁は剥がれ落ち、植物の蔓が絡みついている。

無人のまま、何年もの時が過ぎているようだ。

その建物に、シビーユは既視感を覚えた。

「え、ここって、まさか……」

シビーユが呟くと、バルカはにやりと笑った。その反応で、シビーユは確信した。

「この廃屋、まだあったんだ。私が『家出』したときに使った、あの廃屋よね」

もう、六年ほど前になる。

ある日、シビーユは父王カリュメドン三世と大喧嘩をした。浪費癖の激しい父に、シビーユが腹を立てたのが原因だった。

信頼する侍従武官の一人息子であり、友人でもあるバルカを呼びつけて、シビーユは愚痴をこぼした。

「本当に、お父さまったらひどいのよ。もう顔も見たくない！」

ぷりぷりと怒る小さなシビーユに、十二歳のバルカは言った。

「じゃ、『家出』する？」

シビーユは、驚いてバルカの顔を見つめた。

「そんなこと、できるの⁉」

「できるさ。その気になれば、人間、何だってできるさ」

バルカは彼女をこっそり街へと連れ出した。護衛もつけずに街へ出るのは、シビーユにとって初めての体験だった。

街を歩き、広場で妙技を見せる旅芸人に喝采した。市場では愛想のいい商人から綺麗な飴玉を買った。異国の言葉が飛び交う港でそれを舐めながら二人で語り合い、灯台に上って海を眺めた。日が暮れて、小さな冒険が終わりを迎えようとしていたとき、シビーユはぽつりと呟いた。

「ねえ、バルカ。私、今日は帰りたくない」

実のところ、父への怒りはもう失せていた。それよりも初めての体験があまりにも刺激的で、退屈な王宮に戻る気がしなかった。

「分かった。じゃあ、今日は俺の『秘密基地』に招待するよ」

小さなバルカは、シビーユを廃屋へと連れて行った。

「これが、俺の『秘密基地』だ」

それが、今二人がいる、この廃屋だった。二人はその夜、この廃屋のベッドで、並んで眠った。懐かしい思い出である。

例の「面会禁止令」は、それがバレて大目玉を食らった結果だ。それが原因でバルカは地下通路網を発見し、それが今役に立っているというのだから、世の中は何がどうなるか分からない。

そんな思い出の廃屋が、ほとんどそのままの形でしっかり残っていたのである。シビーユとしては、感慨深い気持ちだった。

「こんなこともあろうかと、六年前のまま、きちんと整備してあるんだ」

「整備って、何よ。廃屋なのに？」

シビーユはくすくすと笑った。バルカは頷く。

「あの時と同じ蜘蛛の巣、あの時と同じすきま風、崩壊寸前の屋根もそのまま。世代交代はしているだろうが、ちゃんとネズミも住んでるぞ」

確かに、ここならユグルタ公の目も届かないだろう。高貴なお姫さまがまさかこんなボロ小屋に隠れているとは誰も思わない。

「隠れ家として使うために、わざわざ？　あなた、どれだけ準備がいいの？」

「なんてな。さすがにそれは、冗談だよ」

頭を掻きながら、バルカは微苦笑した。

「こんな使い方は、さすがに想定していない。でも、この廃屋が六年前のまま、何も変わっていないことは、知っていたよ。俺にとって忘れられない思い出だからな。折に触れて、様子を見に来てたんだ」

シビーユの胸が、熱くなった。今でもバルカは、あの思い出を大切にしてくれているのだ。もちろん、シビーユにとっても、それは宝石のようにきらきらと輝いている、かけがえのない記憶だ。

「ひと晩だけ我慢してくれ。明日になったら、状況が変わる。ユグルタ公との決着をつけることができるはずだ」

「何か策があるのね？」

「まあな。張り巡らせた策のうち、いくつかは使えるはずだ」

寝床は確保したが、問題は食事だ。シビーユを廃屋に残し、バルカはいったん外に出た。

しばらくして戻ってきた彼は、乾いたパンとイチジク、ミルクの瓶を手に抱えていた。

「すまん、これくらいしか調達できなかった。俺も顔を知られてるから、無茶はできなかったんだ」

「十分よ。あなたと一緒なら、どんな貧しい暮らしだって、耐えて見せるわ♪」

「うわ、殺し文句だよそれ」

朽ちかけた木製の椅子とテーブルで、二人はパンとミルク、イチジクだけの質素な夕食を取ることにした。固いパンをかじりながら、今度はシビーユが自身の置かれていた状況を語った。

「……というわけで、四六時中、ユグルタ公の顔を見せられて、うんざりしていたところだったの」

「それは災難だったな」

「ユグルタ公は、よほど私に結婚してほしいらしいわ。毎日毎日、しつこく迫られたの。モテモテで困っちゃうわ、私」

「そいつはユグルタ公も気の毒だな」

「どうして?」

「だって、シビーユちゃんはバルカくんにラブラブだから、そんなの受け入れるわけないじゃん。『誰があんたなんかと結婚するもんですか！』って、こっぴどく袖にされたに決まってる」

シビーユは笑った。どんなに深刻な状況でもおどけてみせるバルカの態度が、今はありがたかった。

すでに夜も遅い。月も出ておらず、燭台のろうそくだけが唯一の光だ。

「そろそろ寝るか」

バルカは、大きなあくびをした。

「俺は床で寝る。ベッドは使ってくれ。お姫さまには粗末すぎるベッドだけどな」

部屋の隅にあるベッドを、バルカは指差した。

バルカは朽ちかけた木の床に、藁を敷き始めた。本当に床で眠るつもりらしい。

軍人として、どこでも寝られるよう訓練されているのだろうが、自分だけベッドで眠るのはシビーユとしては気が引ける。

「ちょっと待って」

「ん？」

「あのとき――六年前は、二人一緒にベッドで眠ったでしょう？　私、あのときと同じがいいな」

「は……？　おま、何を言って――」

バルカが動揺した。たちまち顔が赤くなる。

だが、そんな彼を、シビーユは笑わなかった。今、バルカ以上に顔を赤らめているのは、たぶん自分だ。

綺麗とは言いがたい、狭いベッドに、ボロ雑巾のような毛布が一枚きり。

「明かりを消してくれる？　服を脱ぐから」

「マジかよ」

「だって、こんな泥塗れの服を着て寝るなんてありえないでしょ？」

「それはそうだけど」

着替えの準備もない以上、服を脱いで寝るしかない。バルカが燭台の火を消すと、シビーユは薄汚れたドレスを脱ぎ、下着姿になった。

ベッドに上がり、中央に背を向けて横になる。半分は、バルカのために空けておく。

「せ、狭いわね……あのときは、すごく広いベッドに思えたのだけど」

小さな子どもにとっては二人分のベッドでも、大人になった二人にとっては小さすぎる。

「さあ、あなたも」

「わ、分かったよ」

わずかな衣擦れの音がした。バルカも服を脱いだのだ。続いて、ベッドに入ってくる気配。途端に、背中に何かが触れた。

「ひゃん！」

シビーユは、可愛らしい悲鳴を上げた。背中と背中が触れてしまったのだ。ベッドが狭いため、どうしても身体が密着してしまう。

「すまん！　暗いからよく分からなくて」

「変なことしたら、張り倒すわよ？」

「変なことって？」

「あっ、言わせようとしてる」

「何もしねえよ」

憮然とした声で、バルカは抗議した。そして、優しい声でこう言った。

「だって、そんなことしたら、『あのときと同じ』にならないだろ？」

7

（まさか、こんなことになるとはなあ）

シビーユと同じベッドの中で、バルカは今日の出来事を、時間をかけて振り返った。

成り行きに任せるつもりで王都に潜入したが、その後の流れはおおよそ想定どおりの展開だった。無事にシビーユを王宮から連れ出すことができて、今のところ悪い流れではないといえるだろう。

ただ……同じベッドで眠ることになったのだけは予定外だった。

静かな夜だった。

シビーユの寝息は聞こえてこない。ただ、背中を通じてぬくもりが伝わってくる。結局、二人の背中は触れ合ったままである。ベッドが狭いので、どうしてもこうなるのである。

これ以上端に寄ると、ベッドの下に落ちてしまうだろう。

(こんなの、眠れるわけねえだろ……)

耐えきれず、バルカはそっと声を掛けた。

「起きてるか、シビーユ」

「……ええ」

シビーユも、なかなか寝付けないらしい。それは、ユグルタ公に追われる身という恐怖や緊迫感のゆえか。それとも粗末で固いベッドのせいか。あるいは——バルカがすぐ傍にいるためか。

「あの夜も、こうしてお前と同じベッドで語り合ったよな」

「そうね。ふふ、懐かしいわね」

六年前のことを、バルカはよく覚えている。特にそのときのシビーユの言葉は、一言も漏らさずに記憶しているといってもいいほどだ。

「ねえ、バルカ。私、今日は帰りたくない」

不意にその言葉を発したのは、幼いシビーユの声を真似たバルカであった。

「ちょ、ちょっと何よ。今の気持ち悪い声」

「え？　六年前の、シビーユちゃんの声だけど？　似てただろ？」

「全然、似てないわよ。だいたい私、そんなこと言ってない」

「言った」

「言ってない」

「言いました──！　その一言が原因で、六年前、シビーユちゃんはこの廃屋に来たんです──！」

「う……」

言葉を詰まらせたシビーユに、バルカはしみじみと呟いた。

「六年前ってことは、お前は十一歳くらいか？　その年齢で、『今日は帰りたくない』だもんな。あの頃から、お前は魔性の女だったんだな……」

「な、何よそれ……」

シビーユは、憮然とした声を発した。きっと頬を膨らませているだろう。

「あの時、俺が何言ったか覚えてるか？」

「忘れた」

「本当に？」

「本当に」

「嘘だ」

「嘘よ」

少し恥ずかしそうに、シビーユは認めた。

「……ちゃんと覚えてるわよ。忘れられるわけ、ないじゃない。あのときのあなたの言葉は、一言も漏らさずに覚えているわ」


それは、二人だけの秘密だ。

あの夜、この粗末な廃屋で。

小さなバルカは、小さなシビーユに。

思い切って、告白を、したのだった。

「俺、シビーユちゃんのことが好きだ！　大きくなったら、シビーユちゃんと結婚したい！」

子どもとはいえ、身分が違いすぎることくらい、もちろん分かっている。それでも、言わずにはいられなかったし、言うなら今しかないと思ったのだ。

「ふ、ふえっ⁉　何よ、急に」

熱い求愛の言葉に、シビーユは動揺し、そのまま沈黙した。

「ねえ、シビーユちゃんはどうなの？　俺のこと、好き？」

すぐには、シビーユは答えなかった。身じろぎもせず、シビーユは黙り続けた。バルカは、ずっと待った。

そして長い沈黙の末に。

シビーユは、こう言ったのだ。

「私はあなたなんて、好きでもなんでもないわ！」

「えっ……」

胸が潰れるような言葉にバルカが絶句すると、シビーユは慌てて言葉を続けた。

「私の好みは……そうね、女の子からモテモテの男かな？　モテモテの素敵なイケメンとなら、結婚を考えてもいいわ。だから女の子からモテてモテて仕方のないようないい男になったら、また私にプロポーズしなさい」

胸を張るシビーユに、バルカは少し考え込んで――。

そして、その言葉を受け入れたのだった。

「分かった。俺、世界一のモテ男になる！」


女の子にモテることが彼の至上命題になったのは、あの出来事が原因だ。

今ではモテること自体が目的のようになっているバルカだが、発端はそれだったのだ。

「お前のあの一言で、俺の性癖はすっかり歪んじゃったんだぞ。どうしてくれる」

「だから責任とって、結婚してあげるって言ってるじゃない」

くすくす笑って、シビーユは上半身を起こした。バルカに顔を近づける。

「結婚をほのめかせて、俺をこき使ってるだけだろ。それは、責任をとるとは言わない」

苦笑いするバルカに、シビーユは静かに囁いた。

「そうね。私って、不実な女よね」

柄にもなく、急に殊勝なことを言い出したので、バルカは眉をひそめた。

「どうした？　ユグルタ公に、何か変なものでも食べさせられたか？」

「私……本当にあなたと結婚しようかな」

思わず、振り向いた。そこにあったのは、思い詰めたようなシビーユの顔だった。

「おい……」

「あなたはきっと、私のことを幸せにしてくれるわよね？」

今にも泣き出しそうなシビーユの、浅緑色の瞳が、バルカをとらえて放さなかった。

「だから……私はあなたと……」

「……そういうわけにはいかないんだってことは、お前自身が一番よく知ってるだろ？」

愁いに満ちたシビーユの表情は、儚くて、とても美しくて——そして、バルカが一番見たくない顔だった。

「自分自身の決意を、台無しにする気かよ？」

闇夜の中で輝くシビーユの瞳が、悲しみと孤独に揺れた。

深い失望の海に突き落とされたような、そんな表情。

だが——それも一瞬のことだった。

「なんてね！」

すぐに、シビーユは笑顔を取り戻した。いつもの調子で、朗らかに笑う。

「ちょっと言ってみただけよ！　私が独身だから、メネス公やユグルタ公みたいな輩がよからぬ気を起こすのかなって。だから、誰でもいいからそこら辺の適当なのととりあえず結婚しておけば、野心家どもを黙らせることができるのかなって、ちょっと思っただけよ！」

「そこら辺の適当なの……って。俺は王宮に居着いた野良猫(のらねこ)か何かか」

「せいぜいドブネズミね」

「ひどっ！」

「でも、よくよく考えたら、私が結婚したところで、それで諦(あきら)めるメネス公やユグルタ公じゃなかったわ。むしろますます燃え上がりそう。ユグルタ公なんて、人妻フェチみたいなヤバい性癖ありそうだし。あーあ、かわいいって罪ね！」

「そうだぞ、今すぐ神々に懺悔(ざんげ)しろ」

二人は笑った。

今は、それでいい。

バルカは安堵した。

二人の関係は、そうあるべきなのだ。

友達以上、恋人(こいびと)未満。いつでも馬鹿(ばか)なことを言い合える、気の置けない幼馴染(おさななじ)み。

あの夜が、今の二人の始まりだった。恋人ではなく、違う形でシビーユを守る。そう決意して、バルカは森の奥地へと『伝説の軍師』ヒラムを訪ねたのだ。

「明日はユグルタ公との決戦だ。ちゃんと休んでおけよ」

「私は寝ないわよ。だって、あなたがすぐそこにいるのに私だけ寝るなんて、危険極まりない行為だわ」

「俺は野獣か何かか！」

たまらず抗議の声を上げたバルカは、自分のその言葉で、ふとあることを思い出した。

「そういやお前、修道女のイシスさんに変なこと吹き込んだだろ。俺が野獣だとか何とか。迷惑だからやめてくんない？」

「だって、事実でしょ？」

「事実なわけあるか。俺ほど紳士的な男はいないぞ」

「ああ、甲斐性なしのヘタレってことね」

「やかましい。それ最近他の女からも言われたわ！『バルカくんの甲斐性なし！』って、久々に会った金髪美女に！」

「その話、詳しく聞かせてもらおうかしら」

シビーユは目を光らせ、身を乗り出した。

その晩、二人は語り合った。
それは、何にもまして貴重なひとときで。
ずっとこのまま、時が止まってくれればいいのに――。
そう思わずにはいられなかった。
だが、そんな思いも虚しく。
六年前と同様、いつしか二人はすやすやと寝入ってしまい……。
目が覚めると、夜はすでに明けていた。

第五章

1

バルカ軍との決戦に備え、緊張の糸を張り巡らせるユグルタ公。彼の下に大変なニュースが飛び込んできたのは、その日の深夜のことだった。

「大変です！　シビーユ王女が……脱走しました！」

「な、何だと……⁉」

ユグルタ公は、文字通り仰天した。王女を手中に収めていることが、彼の最大のアドバンテージだったのだ。それが、消失してしまった。

「なぜ私に早く知らせなかったのだ！」

ユグルタ公は激怒したが、部下たちが彼への連絡を怠った理由は、まさにその怒りゆえのものである。きつい叱責と降格を恐れた部下たちは、主君に知らせず、自分たちだけで王女の行方を捜そうとした。だが結局、見つけ出すことができず、今になって報告してきたという次第であった。

「無能者どもが。処分は覚悟しておけよ」

そう吐き捨てたが、部下に怒鳴り散らしても事態は解決しないことも承知しているユグルタ公だった。部下たちは、必ずしも彼に心から従っているわけではない。王都への急襲を計画したときも、反対する家臣は多くいた。それを押し切って、今の状況をつくったのだ。これ以上、彼らとの間に溝を作るわけにはいかない。

とにかく、何としても、脱走したシビーユ王女を再び確保しなければならない。

「まだ城外には出ていないはずだ」

城門、城壁には兵を十分に配置してある。陸路から脱出することは考えられない。ありうるのは、船で脱出を図る可能性だ。

「停泊中の船の出港を一時的に禁止しろ」

「閣下、それは……」

部下は、言葉を詰まらせた。そんなことをしたら、経済や流通に深刻な影響が出る。異国の商船を一方的な理由で留めおくと、外交問題にもなるだろう。

「分かっている。王女を見つけるまでの、一時的な措置だ」

苦虫を噛み潰したような顔で、ユグルタ公は部下に命じた。

いったい、王女はどこに消えたのか。

多数の兵士を動員して捜索を続けさせたが、手がかりは見つからない。

一睡もできず、翌朝を迎えた。

「バルカ軍の動きはどうだ」

「相変わらず、二部隊に分かれて城門付近に集結しています。ですが、攻撃を仕掛けてくる様子はありません」

まるで意図が読めない。こちらから挑発も仕掛けてみたが、やはり敵の反応は鈍かった。確固たる意志を持って挑発をはねのけているというより、むしろ切れのない、緩慢な動きだと感じた。まるでどうしたらいいのか戸惑っているようにも受け取れる。

「何だ、あの、平凡極まりない敵の動きは」

敵軍の指揮を執っているのは、バルカではないのか。並み程度の将に部隊を託して、バルカは別行動を取っているとでもいうのか。だが、大事な決戦を前にして、バルカが戦列を離れるなど考えられない。

「やはり、罠の可能性を疑うべきだ」

ユグルタ公は、そう結論した。

睨み合ったまま、時が過ぎた。

状況が大きく動いたのは、午後になってからである。

それは、ユグルタ公が予想もしない事態だった。

「大変です、ユグルタ様！　み、港が……港が占拠されました！」

伝令がもたらした報告に、ユグルタ公は驚愕した。

「な、何だと⁉　いったい誰に⁉」

2

カルケド港。

王都に富をもたらす源泉であり、近海の制海権を握るための重要な要である。王都制圧に伴ってユグルタ公の支配下に入ったはずのこの港湾が、突然現れた武装集団によって掌握されてしまったのであった。

「南の島からバカンスに戻ってみりゃ、面白いことになってんじゃねえか」

それは、半年間にわたる帝国軍との戦いを生き抜き、一ヶ月の休暇を与えられた兵士たちであった。ちょうどこの日が、南の島でのバカンスを終えて王都へと帰港する予定日だったのである。数は、およそ百名。

「さて、バルカ将軍の指示どおり、港を占拠したが、これからどうするか……」

隊長のアリュバスは、腕組みをした。本来は陸戦兵だが、船の操作にも慣れて、すっかり「海の男」という風情になっている。バルカとしては、アリュバスたちに水兵としての経験を積ませる目的もあったのだろう。

そもそも、なぜ彼らは港を占拠したのか。

発端は、一ヶ月ほど前に遡る。部下たちとともにバカンスに出かけることにしたアリュバスに、上官であるバルカがこう告げたのだ。

「一ヶ月後、王都に戻ったときに、船の上から王宮の庭園を確認してくれ。もしハマヒルガオの花が綺麗に咲き乱れているようなら、入港してゆっくり休め。だが万一、花が枯れているようなら、港に奇襲を仕掛けて、占拠しろ。今から俺が言うとおりにしてくれれば、簡単だから」

意味不明な指令であった。アリュバスは詳しい説明を求めたが、ちょうどバルカもウテイカ湖へ向けて出発する直前で忙しく、望んだような説明は得られなかった。

「港を……占拠……？　何を言ってんだこの人は」

一歩間違えれば、反逆者になってしまう。困惑したが、一ヶ月が経過して王都に戻ってみると、驚いた。船上から聖メルカルト宮の庭園を眺めると、果たしてハマヒルガオが枯れているではないか。

「どういうことだ」

波に揺られながら、アリュバスは首をひねった。今がハマヒルガオが満開を迎える季節であることは、カルケドの民ならば、誰でも知っている。シビーユ王女が手ずから花の手入れをしているという話も聞いている。本来なら、枯れてしまうなどありえない。

何か、王都で異変が起こっているのか。

驚きつつも、アリュバスは部下たちに指示を下した。

「総員、戦闘準備！　今から港を乗っ取る」

部下たちは仰天したが、

「バルカ将軍の指示なんだよ。黙って従え」

そう告げると、誰も異議を唱えなかった。

戦闘はごく短期間で終了した。港にはなぜか兵士たちが詰めており、物々しい雰囲気だったが、アリュバスたちが突然、牙をむいてくるとは予想していなかったようだ。船を下りた彼らが一斉に抜刀して斬りかかると、仰天して逃げていった。

「ちょろいもんだな。にしても、今のはどこの兵士なんだ？」

王都の守備兵とは、雰囲気が違う。余所から集められた兵のようだった。

港を管理する係官を捕らえて状況を聞き出したところ、今は大貴族のユグルタ公が王都を占拠しているとのことだった。つまり、王都はまさに非常事態にあったわけだ。

「それを見越して、バルカ将軍は俺にあんな指示を出しておいたわけか」

「あの人、予言者か何かですかね？」

アリュバスの部下が、戦慄とともに呟いた。あの人とはもちろん、バルカのことである。

「『俺は予言者でも魔術師でもない、ただの天才だ』。本人はそう言ってたぜ」

豪快に笑って、アリュバスは付け加えた。

「正確には、『女の子にモテモテのイケメンの天才だ』だったかな？」

港は占拠したが、さてこれからどうするか。ユグルタ公は、すぐに港奪還のために動くだろう。ここから先の指示までは、アリュバスも受けていない。

「そもそもバルカ将軍はどこにいるんだ？」

それが分からないと、動きようがない。アリュバスが腕組みをしたときのことだった。

「ここだよ」

一人の若者が、造船所の陰から姿を現し、アリュバスに向けて手を振った。

「よう、アリュバス。南の島は楽しめたか？」

バルカであった。泥塗れのみすぼらしい装いだが、飄々とした立ち振る舞いはいつも通りだ。大胆にも、敵地である王都に単身で潜入を果たしたようである。

「おかげさまで」

「じゃあ、ちょっと頼まれてくれるか？　何、そう難しいものじゃない。ちょいと反乱軍をぶっ潰して、王都を取り戻すだけの簡単なお仕事だ」

「そいつは簡単ではないですね」

アリュバスは唇の端を吊り上げた。

「特別報償を貰わないと」

「文句を言うな。俺なんか、お前らがバカンスを決め込んでいた間も、ずっと仕事だったんだぞ。どこかの腹黒女の仕業でな」

「誰が腹黒よ、誰が」

バルカに続いて、一人の少女が姿を現した。薄汚れた身なりだが、驚くほど美しい薄桃色の長い髪と、特徴的な輝きを有する浅緑色の瞳が、彼女の正体を雄弁に語っている。

「おや、これはシビーユ殿下」

アリュバスは驚き、身をこわばらせて敬礼した。てっきり、ユグルタ公に囚われているものと思っていたのだ。王都に乗り込んできたバルカは、まんまと彼女を救出できたようだ。

「特別報償は出せないけど、代わりに私の心からの感謝でどうかしら？」

「そいつは千金に値しますな」

「お前、騙されちゃいかんぞ。この腹黒女は、そうやって人を上手くタダでこき使うんだ。かわいいからって大目に見ちゃ駄目だ」

「まあバルカ、私のことをかわいいだなんて！」

「事実は事実として、ちゃんと認めないとな。そして、このお姫さまが俺を無報酬でこき使っているのも事実」

「ひどいわバルカ。昨夜は同じベッドで寝た仲じゃない」

「ちょ、おま、それ今言うんじゃねえよ！　誤解される！」

繰り広げられる茶番に、アリュバスは遠い目をした。

「あの、イチャつくのはユグルタ公とやらをぶっ潰してからにしてくれやせんかねえ」

目下、アリュバスたちは状況をほとんど把握していないのだった。

3

港を占拠した暴徒の集団に、シビーユとバルカが合流したと聞いて、ユグルタ公は首をかしげた。

「王女と、バルカだと……?」

バルカは、いったいどこから現れたのか。暴徒どもの正体は、南の島に休暇に出ていた兵士たちだと聞いている。バルカが同行していたはずはない。

王女を脱走させたのは、バルカなのだろうか。

「分からぬ。何が、どうなっているのか……」

ユグルタ公は唸った。港の占拠は、バルカの指示なのだろうか。南国に遊びに出ていた兵士たちと、バルカはどうやって連絡を取ったのか。

一方で、腑に落ちることもあった。

外のバルカ軍は、王都の二つの城門を封鎖している。陸路だけを封鎖してどうするのか、と不思議に思っていたが、今となるとその意図が分かる。港の占拠も元々のバルカの予定にあったとするなら、最初から計画的にユグルタ公を包囲するためのものだったのだ。

「実際、今の私は陸と海を封じられ、囲まれている」

だが、まだ勝機がなくなったわけではない。それどころか、絶好のチャンスを手にしているとすらいえる。

「姫とバルカを確保する。城外の敵軍は放置してよい。港を奪還するのだ!」

城外にいるバルカ軍は、攻城兵器の準備もなく、ただそこにいるだけだ。港から注目を逸らすために、バルカが配置したのだ。最小限の部隊だけを留めて放置しても、何の問題もない。バルカなきバルカ軍など、恐るるに足りない。

そのことを、ようやく彼は理解した。であれば、港を占拠した敵兵を攻撃して、バルカを殺し、シビーユを奪還すればいいだけだ。

奴らは、いざとなれば海路で逃げるつもりなのだろう。だが、ユグルタ公も無策ではない。昨夜、シビーユ王女の逃亡を知って、彼は部下たちを乗せた三隻の軍船を出港させていた。その船は、今でも近海で哨戒行動をおこなっている。王女やバルカが船で逃げるようなら、その船団と鉢合わせすることになる。

「うまくいけば、軍船と陸上の兵とで、奴らを挟み撃ちにすることもできる。勝利は疑いないぞ！」

ユグルタ公は、自ら五百人の精鋭を率いて、港へ急行した。

多くの船が出入りする、カルケド港。

造船所、倉庫、灯台などの施設が立ち並ぶ、海運の中心部だ。昨夜、ユグルタ公が船の出港を禁止したため、多くの船が停泊している。

兵士たちとともに駆けつけたユグルタ公が目にしたのは、埠頭に一人で立つバルカの姿だった。

「ユグルタ公！　俺はここだ！」

挑発するように、声を張り上げている。大胆な姿に、ユグルタ公は驚いた。

「一人、だと……？」

あまりにも見え透いた罠だ。だが、ユグルタ公にとってバルカの抹殺は至上命題だ。分かってはいても、踏み込まないわけにはいかない。

罠があるとしても、この状況でバルカにできることなど限られている。はったりはバルカの得意技だ。手詰まりになったバルカが、状況を打開すべく、無謀な作戦に踏み切ったのだ。そう信じて、彼は脳裏をよぎった慎重論を一蹴した。

「殺せ！　奴を殺せ！」

ユグルタ公は、指示を出した。今が千載一遇の好機だ。味方の軍船の到着を待ってはいられない。弓兵が規律よく前進し、一斉に弓を構えた。

弓弦の音が、空高く響いた。無数の矢が黒い雨となって埠頭へと降り注ぐ。

だが次の瞬間、バルカの姿が消えた。一瞬遅れて波しぶきが上がった。海の中へ飛び込んだのだ。

すぐ近くに、一隻の帆船が停泊しているのが目に入った。港を占拠した兵士たちが乗ってきた船だろう。あれに乗って、逃げるつもりだろうか。

「早く射殺せ！」

できれば、ここで確実に始末したい。ユグルタ公は兵士たちとともに埠頭へと走った。

不意に、先頭を走る兵士たちが転倒した。埠頭には、油が塗られた麻布が敷かれていた。

それに足を取られたのだ。

「何をしている！」

ユグルタ公は怒鳴りつけたが、怒鳴りつけた本人も滑ってよろめく始末である。せこい小細工に、ユグルタ公は舌打ちした。

ぬめりを帯びた麻布の道を乗り越えて、埠頭へと駆けつける。そのとき、帆船の甲板の上に伏せていた兵士たちが、一斉に立ち上がった。

バルカの手の者だろう。矢を放つつもりだ。

「盾を構えろ！」

ユグルタ公は、指示を下した。味方の弓兵は後ろに下がり、代わって重装歩兵が前に出る。構えているのは、巨大な盾である。

「その程度の伏兵は、お見通しだ」

ユグルタ公は、余裕の笑みを浮かべた。罠を仕掛けたつもりだろうが、その手にはかからない。対策は万全だ。

だが、敵の動きは、彼の思いもしないものだった。

「今よ。『エリッサの火』をぶち込みなさい！」

港に響く凛とした声は、シビーユ王女のものだった。

船上の男たちが、一斉に何かを投げた。

次の瞬間、王都カルケドの青い空が、真っ赤なヴェールに包まれた。

真紅の光を帯びた何かが、海をまたいで勢いよく飛来したのだ。

「ぐわあっ」

何が起こったのかも理解しないまま、直撃を受けた味方の兵士が、たちまち炎に包まれた。

「な、何だ⁉　何が起きている⁉」

ユグルタ公の顔は、蒼白になった。

それは衝撃を受けて爆発する、手投げ式の火薬玉であった。

王女の秘書官であるエリッサの発明である。特製の陶器の壺に硫黄や石油の混合物を詰め合わせたもので、点火して投げつけると、凄まじい勢いで爆発し、炎を撒き散らして敵に甚大な被害をもたらす。

「何かあったときのために、これを積んでいけ」

バカンスへの出発直前、荷物を船に積み込んでいたとき、バルカがアリュバスに押しつけたのである。

「何かあるかもしれないんですかい」

「さあな。何もなければ、それが一番いいんだが」

アリュバスは、肩をすくめた。あれを持って行け、これを仕込んでおけと、バルカはときどき妙なことを言い出す。本人にも明確な意図があるわけではないらしく、無用の長物となることも多い。だが、ずっと前に仕込んだ仕掛けが、あるとき突然、「そうだ、アレが使えるじゃん！」と、戦局を左右する重要な鍵として浮上することも多い。

行き当たりばったりといえばそれまでだが、縦横に張り巡らせたそれらの策を使って、バルカは七度にわたる帝国軍との会戦すべてに勝利してきたのだ。

『伝説の軍師』ヒラムの教えを胸に、バルカは六年をかけてあらゆる準備を整えてきた。

アリュバスはそのことを承知している。だから今回も、彼はバルカを信頼した。

「了解です。何かの役に立つでしょう」

そう言って、アリュバスは船に『エリッサの火』を積み込んだ。

今になって、それが有効に活用されたというわけだった。


港は、一瞬にして炎に包まれた。

「そんな……ばかな……」

ユグルタ公が想定していた敵の武器は、おそらく弓矢、せいぜい連弩であった。それくらいなら、数の力で押し切ることができる。彼はそう考えていた。

だが、爆発して炎を撒き散らす投擲兵器とは。

そんなものがこの世に存在すること自体、彼の理解を超えていた。

「くそっ」

火の手は、恐ろしい勢いで拡大しつつある。すでに背後にも回っていた。油を染み込ませた麻布が敷かれていたのは、このための仕込みだったのだ。

すべては周到に計画された罠だった。そのことを、ユグルタ公は悟った。

「だが……私は負けん！　負けてたまるか！」

意地でもこの窮地から逃れようと、ユグルタ公は活路を探した。

退路は、燃えさかる炎の障壁によって断たれている。火は埠頭のすぐ傍にある造船所にも燃え広がり、勢いは増すばかりだ。だが灼熱の包囲網にも、一ヶ所だけ、穴がある。

「あの造船所の裏だ」

そこだけは炎の壁が途切れている。ここからなら、突破できるだろう――。

部下を押しのけて、彼は走った。恥も外聞もない。死に物狂いで、安全な地点へ逃れようと、なりふり構わず走った。

だが、彼は知らなかった。

それすらも、バルカの罠であったことを。

「ぐはっ」

ユグルタ公は、乾いた悲鳴を上げた。どこかから飛来した矢が、背後から彼を射貫いたのだ。

激痛が、彼の全身を駆け巡った。

「そんな……私の野望が……」

自分の思い描いたものが、音を立てて崩れていく。ありえたはずの未来が、無へと落ちていく。それを悟りながら、ユグルタ公は血を吐いて倒れた。

兵士たちは愕然となった。

「閣下が……ユグルタ公が撃たれた！」


「悪いな。俺の手柄にさせてもらう」

灯台の窓からユグルタ公を射貫いたのは、アリュバスだった。彼はバルカ軍随一の弓の名手でもある。

「港が炎に包まれたら、奴は必ずこの道筋を辿って逃げるはずだ。だから、灯台の中から狙い撃て」

バルカにそう言われ、灯台に身を潜めてじっと機会を窺っていたのである。

実はアリュバスは、上官のその言葉に半信半疑だった。

「本当ですかい。奴が自ら、部隊を率いて駆けつけるとは限りませんが」

そのように、アリュバスは疑問を呈したものだった。バルカは涼やかな笑みを浮かべて答えた。

「万一、奴が来なかったとしても、それはそれで問題ない。そのときは、『ユグルタ公は安全なところに隠れているだけの臆病者だ』と、大いに宣伝させてもらうさ」

どんな展開に転んでも勝てると、すでにバルカは読み切っているのだ。

「だがまあ、ほぼ間違いなく、奴は来るさ」

ユグルタ公は、王女を巡る恋のライバルとして、バルカを強く意識している。バルカが最前線で生命を賭けているのに、ユグルタ公が安全な場所でぬくぬくとしていることはありえない。前線で自ら剣を振るっていることを、必ず王女にアピールしようとするはずだ
――というのが、バルカの説明だった。

自信たっぷりに語る上官の姿を思い出し、アリユバスは手の中で矢をくるくると回した。

「バルカ将軍。あんた、やっぱり予言者だ」

4

下船したシビーユが、ゆっくりと埠頭を歩く。

港を覆っていた炎は、勢いこそ弱まったものの、まだ消し止められてはいない。ユグルタ公の部下のうち、その半数は炎に呑まれ、残り半数は命からがら逃げ去った。だが、まだどこかに潜んでいないとは限らない。

それでも、ためらうことなく、シビーユはまっすぐに歩いていく。堂々と、前を向いて。この場のすべての責任は、カルケド王女である自分にある。危険だからといって、後ろで控えているわけにはいかなかった。

やがて彼女は、血に塗れて倒れている男の前で立ち止まった。

そして浅緑色の瞳で、その男――ユグルタ公を見下ろした。

「王都を制圧するまでは、悪くなかったわ。でも『不敗の名将』を甘く見たわね」

生まれた時代が悪かった。もしバルカがいなかったら、彼の野望は成功していたかもしれない。だが、ユグルタ公の器量では、『不敗の名将』バルカを出し抜くなど、所詮は夢物語であったのだ。

不意に、微かな声がシビーユの耳に届いた。

「シ、シビーユ殿下……」

ユグルタ公が、蒼ざめた顔をシビーユに向けている。まだ息があったのだ。

貴公子として知られた男の面影は、だがもはやどこにもない。

「今すぐ、バルカの奴に停戦をお命じ下さい。そして、この私と結婚すると……いや……」

ひび割れた眼鏡の奥で、青年貴族の瞳は光を放っていなかった。

「殿下はバルカと結婚なさるがいい。だから……だから生命だけは、生命だけはっ」

必死に活路を見出そうとする男を前に、シビーユは、静かに首を振った。

何を言っても、もう遅い。己の野心に突き動かされるまま、彼は大きな賭けに出て、そしてそれに敗れたのだ。

負ける覚悟のない者が勝負に出たことが、そもそもの間違いだったのだ。

もはや勝敗は決した。シビーユが無言で敗者を見下ろしていると、ユグルタ公は突如、目を見開き、瀕死とは思えぬほどの声量で叫んだ。

「全部、あなたのせいだ、シビーユ殿下！」

驚くべきことが起こった。最後の力を振り絞ったユグルタ公が身体を起こし、紳士としての仮面をかなぐり捨てて、シビーユにつかみかかろうとしたのである。

だが――。

「させねえよ！」

白刃が陽光を弾いて、水晶のように煌めいた。

背後からの、一刺し。

「がはっ」

短刀で背中からユグルタ公を一気に刺し貫いたのは、紅い瞳に焦茶色の髪の青年――バルカだった。いったんは海に飛び込んだ彼だが、シビーユがユグルタ公と対面しようとしているのを見て、陸に上がっていたのである。

「最後の最後で、みっともない真似をしやがって。せめて死ぬときくらい、カッコよく死ねよ、メガネ野郎」

音もなく崩れ落ちるユグルタ公。シビーユはバルカに視線を寄せた。

「タイミング、見計らっていたわね？」

「主役は、一番カッコいい頃合いに再登場するものだからな」

姫君を見事守り抜いた騎士は、胸を張った。

「な、何だこの匂いは……」

蚊の鳴くようなユグルタ公の声に、シビーユは眉をひそめた。彼は何を言っているのか。

未だ燃えさかる炎の匂いのことか。

そうではなかった。納得したように、ユグルタ公は呟いた。

「これは、死の匂いか……私自身の……」

それが最期の言葉だった。ユグルタ公は、永遠に動かなくなった。

一つの野心が、終焉の時を迎えたのだった。

「終わったみたい」

ぽつりと呟いて、シビーユは顔を上げた。

バルカは、静かに頷いた。海に飛び込んだので、全身ずぶ濡れである。炎に巻き込まれないようにするためとはいえ、酷いありさまだ。

「あーあ、せっかくの色男が台無しだぜ」

「そんなことないわ」

ぼやくバルカに、シビーユは静かに微笑んだ。

「どんな姿だろうと、あなたは最高にカッコいいわよ、バルカ」

5

ユグルタ公の個人的な野心から発生した軍事行動である。彼の死とともに、部下たちは先を争うように降伏した。

その直後、ラネールとウルリカの率いる軍勢が、王都へと雪崩れ込んできた。王都は、シビーユとバルカが掌握した。

降伏した者たちを、シビーユはすべて赦した。彼らの大半は、主君であるユグルタ公に引きずられて仕方なく戦った者たちであり、カルケド王家に逆らう意図などなかった。それをシビーユはよく知っていたのである。

メネス公による貴族連合結成から始まったカルケドの内乱は、これで完全に終結した。勝利の立役者であるバルカは、帝国軍の撃退とあわせ、二度も国家存亡の危機を救ったことになる。さらに名声が高まり、『不敗の名将』の異名も不動のものとなった。

「外患も内憂もともに制圧して、囚われのお姫さまを救う……いやあ、俺ってホントにイケメンだよなあ！」

鼻を高くして、高笑いをするバルカだった。

「これはもう、街の娘たちから、モテモテだなあ。デートのお誘いが殺到して、モテてモテて仕方がないはず。いやあ困ったなあ！」

得意満面なバルカだったが、王都カルケドの世論は、思わぬ方向に流れた。

「毅然とした態度で反乱軍を降して内乱の終結を宣言するシビーユ様、本当にかっこよかったわ！」

「そうそう！　それに、カルケド軍を率いて颯爽と入城するウルリカ様も、とても凜々しくて素敵だったわ！」

「ウルリカ様って、まだお若くて、しかも平民出身なのでしょう？　同じ女として、誇りに思うわ！」

「バルカ将軍についていてはどう？」

「バルカ将軍？　ああ、あの、王都解放のときにシビーユ様の隣に立っていた小汚いドブネズミみたいな男のこと？」

そんな街での噂話を耳にして、大いに気持ちをへこませたバルカであった。

「おかしいだろ！　シビーユはまだしも、何でウルリカが大人気になってんだ！」

シビーユに愚痴ると、

「彼女、とてもかわいいし、当然じゃない？」

ハマヒルガオのような色の髪をなびかせて、王女は笑った。

帝国からの降将という立場ゆえにラネールが遠慮したため、ウルリカが全軍の先頭に立って王都への入城を果たしたのである。その凛とした勇姿は、王都の全市民の瞳に鮮烈に焼き付いたのだった。

「にしても、一番頑張ったのは俺だぞ!?　それなのにドブネズミ扱いはひどすぎる！　身なりが汚かったのは、シビーユも同じなのに……」

「汚泥に塗れてもなお隠せない、自分の美貌が恨めしいわ」

「ああホントだよ！　美人は得だよな！」

「嬉しいわバルカ、私のことを美人だなんて！」

「今のは百パー皮肉で言ったんだ、喜ぶところじゃない！」

不平たらたらなバルカの頬を、シビーユは両手でぱしぱしと叩いた。

「いつまで拗ねているの。これから授与式よ」

内乱の終結に、バルカは多大な貢献をした。本来であれば、王家として十分な報酬で報わねばならないところだが、国王の聖地巡礼、ラコニア帝国との戦争、貴族連合との内乱の三点セットにより、カルケド政府の財政は大きく傾いていた。せめて勲章だけでも授与しようと、シビーユが企画したのである。

「そうだったな」

勲章などで喜ぶバルカではないが、これは国家に貢献した者に王家が正しく報いていることをアピールする、重要なセレモニーなのだ。ぞんざいにはできない。

「じゃ、行くか」

踵を返すバルカを、だが、ためらいがちにシビーユが引き止めた。

「その……バルカ」

「ん？」

バルカが振り返ると、煮え切らない顔のシビーユがいる。

「……いえ、何でもないわ」

「そっか。じゃあ行こうぜ」

そっと言葉を呑み込んだシビーユに、バルカは何も気付かないふりをして、優しく微笑んだのだった。

6

王宮の大広間に、バルカは立っていた。

勲章を授けられることになり、その授与式に出席しているのだ。

聖メルカルト勲章。

宮殿の名前にもなっている、カルケド王国の守護神の名を冠した勲章だ。王家と王国に最高級の貢献を行った個人に対して与えられる、栄誉ある勲章である。

国王が大臣を根こそぎ引き連れて巡礼の旅に出たため、宮廷の規模は縮小している。参列者は、少数にとどまった。秘書官のエリッサ、バルカの副官であるウルリカ、最高司令官代理を務めたラネールに、バルカの下で部隊長を務める者たち。それにごく数名の高級官僚たちであった。

「バルカ将軍。このたびの多大なる貢献、本当に感謝します」

シビーユの手でバルカの首に勲章がかけられると、参列者から拍手が贈られた。

続いて、ウルリカとラネール、アリュバスも顕彰された。彼らには聖メルカルト勲章に次ぐ栄誉とされる、聖バアル勲章が授けられた。

「皆さんは、国家の英雄です。これからもカルケドのために尽くして下さい」

シビーユがそう語ると、勲章を手にした者たちは、三者三様の反応を示した。

「この私が……カルケドの英雄……」

呆然としているのは、ラネールである。

「えへへ、何か恥ずかしいですね」

ウルリカはモジモジしている。ほんのりと顔が赤い。

「ま、俺はバルカ将軍のおまけなんで」

アリュバスはさっぱりした調子だが、やはり嬉しいようだ。

シビーユが改めて受勲者を褒め称え、式典は何事もなく終了した。参列者たちは、一人、また一人と大広間を後にする。

シビーユは、エリッサと何やら話をしている。ウルリカは大広間の入り口で、バルカを待っていた。

「じゃ、俺も帰るとするか」

そう呟いて、バルカが歩き始めたときだった。

「待って」

シビーユが、バルカを呼び止めた。

「あなたに、改めて言いたいことがあるの」

浅緑色の瞳が、淡く揺らいでいる。

「あの……私……」

式典の最中、いやその前から、ずっと何かを言いたげなシビーユに、バルカは気付いていた。

気付いてはいたが、バルカは気付かないふりをしていたのだ。

シビーユはうつむいた。

「本当は、あなたを騙すつもりだった。騙して、都合よく利用して、利用するだけ利用して、そして……でも……だけど私……」

思い詰めたような表情で、ぽつりぽつりと呟く。

「やっぱり……あなたのことが……」

あの晩にシビーユに言われた言葉が、バルカの頭をよぎった。

『私……本当にあなたと結婚しようかな』

『あなたはきっと、私のことを幸せにしてくれるわよね？』

まだ、シビーユは迷っているのだ。

王女としての責任と、幼い頃から抱いてきた想いの狭間で。

「シビーユ」

与えられた責任から逃れられるものなら、どんなにか楽だろう。

思いのままに生きられるなら、どんなにか幸せだろう。

だが――シビーユは王女であり、バルカはその臣下だった。

だからバルカは、シビーユにそれ以上の言葉を紡ぐのを許さなかった。

「お前は、この国の王女だろ？　トンズラこいた王様に代わって、この国を治める責任があるんだろ？」

シビーユの耳元に、バルカは小さく囁いた。

「だから……お前は、分かってるはずだ」

若い王女の結婚は、諸国の注目の的。

誰を結婚相手に選ぶかによって、敵であるはずの相手を味方につけることもできる。

それだけで国家の存亡の危機を回避できるほどの、強力な『切り札』だ。

王女にとって、とっておきの、最強にして最後の武器。

だから彼女は、バルカと結婚などできようはずがないのだ。

聡明なシビーユは、まだ小さな子どもの頃から、それを理解していた。

「子どものときに分かっていたことを、今のお前が分からないはずはないよな？」

シビーユの瞳から、ひとしずくの涙がこぼれた。

そう。

『女の子からモテてモテて仕方のないようないい男になったら、また私にプロポーズしなさい』

シビーユがそう言った、あのときから、もう答えは決まっていたのだ。

私以外の女の子にも、興味を持ってもらえたら。

私のことなんか忘れて、私以外の誰かと、一緒になってくれたら。

大丈夫、あなたならきっと素敵な恋が見つかる。

あなたほど素敵な男の子なら……きっといくらでも素晴らしい女性に出会うことができるから。

そう思って、シビーユはあの言葉を口にしたのだ。六年経った今になって、台無しにするわけにはいかなかった。

涙を拭う。これは、自分で選んだ道だ。私が選んで、彼が受け入れた道だ。だから。だから私が、この道を踏み外すわけにはいかない。

『不敗の名将』バルカ。そして王女シビーユの「結婚」という切り札。この両者が、小国カルケドを守るのだ。

それはそれで、かけがえのない、二人の関係だ。この愛する祖国を守るのは、私と彼だ。独身のままでいることで、私は彼と並ぶ力を手に入れることができる。私と彼が互いにとって特別な存在であることに、何の違いもない。

シビーユは、前を向いた。もう迷いは見せなかった。

「あなたとの結婚の話だけど……やっぱり、なかったことにして下さる？」

心をかき乱すような動揺を、シビーユは胸の中に押し隠した。いつも通りの、ちょっと意地悪で高慢で、でも可愛げのある声で、彼女はその言葉を最後まで言い切った。

バルカは表情を変えなかった。ただ、小さく頷いた。それでいい、とその紅い瞳が告げていた。

「まさか本気にしていたわけじゃないわよね？　王族と平民の結婚なんて」

高飛車に微笑むシビーユに、バルカは恭しく一礼した。

「すべては、王女殿下の御心のままに」

この瞬間、二人の関係は終わった。

いや、二人の古い関係は終わり……新しい関係が始まるのだ。

「『不敗の名将』バルカ。ありがとう。これからも、ずっと私の臣下として、私を支えて下さい」

7

シビーユは秘書官のエリッサを伴って、執務室に戻った。背伸びをして、気持ちを切り替える。

「さあて、仕事仕事。忙しくなるわ」

心の中にぽっかりと開いた、喪失感。それを埋めるかのように、シビーユは張り切ってペンをとった。決裁すべき書類に、次々と署名をしていく。

「中断していた帝国との和平交渉。兵士たちへの恩賞。メネス公たちに処分を下して、港も整備し直さなきゃ」

がたがたになった内政も、立て直さなければならない。軍の再編も必要だ。成すべきことは、山ほどある。

「当分、バルカには休み返上で働いてもらわないとね」

「かわいそうなバルカ……」

「あなたもよ、エリッサ。しっかりと私を補佐(ほさ)してね♪」

「むう」

大きすぎる文官の長衣を着た少女は、小さな手で頭を抱(かか)えた。エメラルド色のポニーテールが、ふわりと揺れた。

とにかく、今は仕事に集中しよう。シビーユはそう考えた。心の痛みは、簡単には癒(い)えそうにない。だが、多忙(たぼう)になれば、きっと忘れられるだろう。大丈夫、きっと忘れられる……。

「バルカのこと、後悔(こうかい)はしてないの、シビーユ?」

「してるわよ。してるに決まってるじゃない」

エリッサの声に、シビーユは憮然(ぶぜん)とした。

(もう。せっかく人が忘れようとしている矢先に、何言い出すのよ)

いずれは、きっと彼を忘れることができるだろう。だが、今は無理だ。顔を見るたびに、あの夜のことを思い出してしまうだろう。

「あーあ。あんなにいい男を振っちゃって、私って本当にバカだわ」

「そう思うなら、『やっぱりさっきのはナシ！　結婚して、バルカ！』って、彼の胸に飛び込んできなよ」

「もう、エリッサったら意地悪！　できるはずがないって分かってて、そんなことを言うのね」

シビーユがふて腐れていると、彼女が信頼する秘書官は、意外なことを言い出した。

「ま、今はこれでいいんじゃない？　チャンスが永遠になくなったわけじゃないんだし」

「どういうこと？」

バルカのことは、もう諦めたつもりだ。だが、その決意を鈍らせるような、エリッサの言葉だった。

「え、まさか気付いてないの？」

天才、と言われる秘書官の少女は、悪戯っぽい笑みを浮かべた。

「国を大きくすればいいんだよ。カルケドを、ラコニア帝国と肩を並べるくらい、ううん、それ以上の大国にのし上げてみようよ。そうしたら、シビーユは列強の顔色をうかがう必要はなくなる。誰でも好きな相手と結婚できるんだ」

もちろん、シビーユだって、気付いていないわけではない。

シビーユが独身を貫かなければならないのは、カルケドが小国で、弱い立場にあるからだ。カルケドがラコニア帝国を凌（しの）ぐほどの大国となったなら、そのときは、また事情は違（ちが）ってくるだろう。

だけど。

「そ、そんなの、無理よ。無理に決まってるじゃない」

「無理じゃないよ。何言ってるの」

簡単なことじゃないか、とエリッサの胡桃色の瞳が笑っている。

「バルカは『伝説の軍師ヒラムの再来』だよ？　いつもはおどけているけど、その才能は本物さ。シビーユが一番よく知ってるじゃない。で、シビーユは人たらしの天才でしょ。あらゆる学問に通じた政治の天才にして、発明の天才でもあるボクもいる。これだけ人が揃っていれば、できないことなんてない。夢物語じゃないんだよ」

「本気で……言ってるの？」

大胆な提案に目を丸くするシビーユの手に、エリッサは自分の手を重ねた。

「ボクも、力を貸すからさ。だから国を大きくするために、頑張ろうよ」

エピローグ

授与式の翌日。

薄暗い兵舎の食堂で、バルカはウルリカと夕食を摂っていた。

「まっ、最初から分かってたけどな！」

なぜか、バルカは得意げである。

「だから言ったろ？　あいつは腹黒女だって。俺と本気で結婚する気なんかなくて、俺をこき使いたいだけなんだって。言った通りだったろ？　分かりきってたことだから、別に気になんてしてないさ！」

恋人ごっこは、もう終わり。楽しい夢をありがとう、シビーユ。

すでに「バルカ将軍がシビーユ王女にフラれた」という噂は、街じゅうに流布していた。

誰が広めたのかは分からないが、アリュバスあたりが怪しいとバルカは睨んでいる。

「また強がりを。本気で結婚したかったくせに……」

トウモロコシのスープをちびちびと飲みながら、冷ややかな目でウルリカは呟いた。

「ま、確かに、もったいない気はするけどな。シビーユちゃん、かわいいから」

フォークでジャガイモをつつきながら、バルカは平静を装う。

「でも、モテモテの俺はかわいい女の子には不自由してないからな。すぐにでももっと素敵な子と出会えるさ」

「じゃあシビーユ殿下(でんか)が他の男と結婚することになったら、祝福してあげるんですか？」

「はあ!? そんなこと、バルカくんは許しません！」

血相を変えて、バルカは首を左右に振った。

「シビーユが、俺以外の男と？ イチャイチャしたり、チュッチュしたりするの？ ふざけんな！ そんなの認められるわけねえだろ！ ああもう、想像しただけでもむしゃくしゃする！ 駄目(だめ)駄目駄目、絶対許せねえ！」

「めちゃくちゃ未練たっぷりじゃないですか……」

ウルリカは呆(あき)れているが、仕方がないのである。

外交政策上、シビーユには独身でいてもらわなければならない。

小国カルケドの存続のためには、それしかない。バルカと一緒になるなど、ありえない話なのだ。

……少なくとも、今の段階では。

「そうだ。あたしとデートしましょう、バルカ将軍！」

不意に、ウルリカは黄玉色の瞳を輝かせた。

バルカはスプーンを取り落とし、副官の顔をまじまじと見つめた。

「お、お前……何か悪いものでも食べたのか？　それとも熱があるのか？」

「あ、あたしだって、たまたまそういう気分の日はあるんです！」

ワインに手をつけたせいか、今日のウルリカは、少しだけ、顔が赤い。

「勘違いしないでくださいよ。あたしは別に将軍のことなんて、何とも思ってないんですからね」

「俺に惚れてるいい女は、みんなそう言うんだ」

「いつだったか、ワインのおいしい高級店に誘ってくれたことがありましたよね？　そこ行きましょう。もちろん、バルカ将軍のおごりで！」

元気いっぱいに、ウルリカは胸を張った。

「あたし、こう見えて酒豪なんです。一番高いお酒を頼みましょう」

バルカは蒼くなった。高級店で一番高い酒といえば、なかなかシャレにならない金額だ。

「昨日貰った勲章には年金だって付きますし、いいじゃないですか。いっそ、今から行きましょうか。そうしましょう！」

ウルリカは立ち上がり、強引にバルカの右腕を引っ張った。

「ちょ、ちょっと待っ……」

慌てた拍子に、左手が何かに触れた。

むに。

「むに？」

何か、柔らかいものだ。とても柔らかくて心地よいものが、バルカの掌に収まっている。

正体が分からず、バルカはとっさにそれを揉みしだいてしまった。

「ひゃうん⁉」

聞こえてきたのは、若い女性の悲鳴だった。バルカは振り向いた。

「え？　ルイーズ？　ど、どうしてここに……」

バルカにとっては旧知の、金髪の女騎士の姿がそこにはあった。美しい黒い双眸で、バルカを強く睨みつけている。

バルカの左手は、偶然にも、彼女の豊かな胸を鷲掴みにしていたのだった。

慌てて、バルカは手を引っ込めた。

「……シビーユ王女から、処分が下されたのよ。彼女は寛大にも、反乱軍に加わった私のことを、赦してくださったわ」

突き刺すような眼差しだった。バルカは冷や汗をかいた。

「そ、そうなんだ。よかったな」

「そして彼女はこうおっしゃったわ。カルケドの正規軍に所属して、バルカ将軍を補佐してあげてほしい、と。だから私は心機一転、頑張ろうと決意して、それを君に報告しに来たところだったのに……」

ぶわっ、とルイーズの瞳に、涙が滲んだ。

「でも……君はとてもかわいい女の子と楽しくおしゃべりしてて……。そして久しぶりに会うなり私の胸を掴んできて……君って、本当にどうしようもないクズだわ……」

誤解だ。ウルリカは彼の副官であって、街でナンパした女の子を兵舎に連れ込んでいるわけではない。ルイーズの胸を触ってしまったのも、不可抗力だ。

「触りたくて触ったわけじゃないんだ！」

焦ったバルカの口から、とっさにそんな言葉が飛び出した。

「お前の胸を触りたいなんて、これっぽっちも思ってないんだから！」

「私の胸を触りたいとは、これっぽっちも思ってない……？」

だが、バルカの説明も虚しく、金髪の少女はうつむき、肩をふるわせた。

そして不意に顔を上げ、バルカを睨みつけて、叫んだ。

「わたちのことなんて、そのていどのにんちきにゃのね！　バルカくんのばかあああああ！」

泣きながら、ルイーズは全力で走り去っていく。

周囲の兵士たちが、何事かとこちらを見つめている。

バルカは、げっそりした。あいつ、全然、人の話を聞いてくれねえ……。

学生の頃から、ルイーズは時々そういうことがあった。

思い込みが激しいというか、感情が高ぶると暴走するというか。

「参ったなあ……」

困惑しながら、バルカが振り向くと。

「お、女の人の胸を触って泣かせてしまうなんて……」

そこには、眉を吊り上げ、拳を振り上げるウルリカの姿があった。

「あなたって人は……本当に、美人となると見境のない変態なんですね……」

「いや、ちょっと待て」

ウルリカだって、見ていたはずだ。これは意図したものではなく、不幸な事故だったのだ。

だが、ウルリカにそのような弁明が通用するはずもなく。

「最低！　やっぱり、あなたのことは嫌いです！」

ぱあん、と乾いた音が、食堂の中に響き渡った。

カルケドの誇る『不敗の名将』に張り手を喰らわせたウルリカは、フンと鼻を鳴らして、大股歩きでその場を後にする。

真っ赤になったほっぺたを押さえながら、バルカは溜息を吐いた。

そしていつものように天を仰ぎ、心からの叫びを発した。

「何で、俺はいつもいつもこうなんだあ⁉」

あとがき

はじめまして。

このたび、ＨＪ小説大賞（２０２１中期）にて身に余る評価をいただきました、高橋祐一と申します。受賞作『常勝将軍バルカくんの恋敗』を改題・改稿したものが本作となります。

冒頭で「はじめまして」と書きましたが、実ははじめてではない読者の方もいらっしゃるかもしれません。僕は角川スニーカー文庫さんで8冊の本を出しており、本作が通算9冊目になります。そちらもお手にとっていただければ幸いです。以前からの読者の方も、どうぞよろしくお願いします。

ファンタジー戦記ものは今回が3シリーズ目になるのですが、前2作とは違って、かなり明るくノリの軽いキャラクターを主人公に据えてみました。全体の雰囲気もかなり違ったものになったはずです。

かわいい女の子に目がなく、お調子者で自信過剰。でも天才肌で、決めるべきときはキッチリと決めてくれるバルカくん。そんな彼の活躍を描くのは、とても幸せな時間でした。ぜひ彼の活躍をお楽しみ下さい。

ところで、最近引っ越しをしました。まったく新しい土地で、新しい生活をスタートさせたタイミングでの出版となり、いい区切りになったかなと思っています。まあ、引っ越しとこの本の最終作業のタイミングがダダ被りしてしまい、かなり慌ただしいことになってしまいましたが……。

それにしても、環境の変化は大きく、戸惑っています。何しろ、今までは「近隣のまともな商業施設はコンビニと小さなスーパーマーケットのみ」のド田舎に住んでいたのに、「主要な大手ファミレスやファーストフードチェーンが徒歩圏内にだいたい全部揃ってる」という環境になってしまいましたから。図書館などの文化的な施設も、ゲームセンターなどの遊び場も、とにかく何でもある。何だこれ。人をダメにする気か。

と、冗談めかして書きましたが、冗談で済めばいいな、とも思います。

僕が幼少の頃は今よりも娯楽がずっと少なく、いつも退屈していた僕は暇さえあればあれこれ空想してお話を作るようになりました。それが作家を目指すスタートラインだったわけです。ただでさえ何でもネットで手に入る今の時代にこれだけ何でも揃っていると、もう何も書けなくなるんじゃないか？　と心配になるわけです。

正直、僕が今より20歳ほど若く、基本無料のスマホゲームやサブスクの動画サービスが当たり前の時代に生まれ育っていたら、作家になれていた気がしません。おそらく、ただ与えられたものを消費するだけのオタクになっていたでしょう。僕よりもずっと若い世代の作家さんたちは、いったいどんな動機で作家を目指すようになったのかな。素直に、すごいな、と思います。

ここからは謝辞を。

素晴らしいイラストで作品を華やかに彩ってくださった、つなかわさん。ありがとうございます。各キャラクターの表情も素敵ですが、特にシビーユの衣装が凝っていて素晴らしいです。文章だと「刺繍の入ったドレス」だけで済みますが、イラストを描く側は大変ですよね。

担当編集のSさん。いつもお世話になっています。Sさんと僕とは、「学生時代の専攻が古代ギリシア史」という共通点があります。そんなニッチな被り方ってある？　お互い忙しくてなかなか雑談もできていませんが、いつかギリシアの魅力について語り合いましょう。

本の制作に関わって下さった、すべての皆様。いつも思うのですが、顔も名前も知らない方々が僕の本のために骨を折って下さっているというのは、実に不思議な感覚です。ありがとうございます。

そして、この本を手に取って下さった読者の皆様。毎月、膨大な数のライトノベル作品が出版される中で、目を留めていただきありがとうございます。皆さまの応援が励みになります。どうぞよろしくお願いします。

2023年3月某日　高橋　祐一

不敗の名将バルカの完璧国家攻略チャート1

惚れた女のためならばどんな弱小国でも勝利させてやる

2023年4月1日　初版発行

著者――高橋祐一

発行者―松下大介
発行所―株式会社ホビージャパン

〒151-0053
東京都渋谷区代々木2-15-8
電話　03(5304)7604（編集）
　　　03(5304)9112（営業）

印刷所――大日本印刷株式会社

装丁――BELL'S GRAPHICS／株式会社エストール

ISBN978-4-7986-3147-9　C0193

ファンレター、作品のご感想お待ちしております

〒151－0053　東京都渋谷区代々木2－15－8
(株)ホビージャパン HJ文庫編集部 気付
高橋祐一 先生／つなかわ 先生

第三皇女の万能執事 1
世界一可愛い主を守れるのは俺だけです

著者／安居院 晃
イラスト／ゆさの

毒舌万能執事×ぽんこつ最強皇女の溺愛ラブコメ！

天才魔法師ロートの仕事は世界一可愛い皇女クレルの護衛執事。チョロくて可愛い彼女を日々愛でるロートの下に、ある日一風変わった依頼が舞い込む。それはやがて二人の、そして国の運命を揺るがす事態になり――チョロかわ最強皇女様×毒舌万能執事の最愛主従譚、開幕

この日、『偽りの勇者』である俺は『真の勇者』である彼をパーティから追放した 1

著者／シノノメ公爵
イラスト／伊藤宗一

全てを失った「偽りの勇者」がヒーローへと覚醒!!

ジョブ「偽りの勇者」を授かったために親友をパーティから追放し、やがて全てを失う運命にあったフォイル。しかしその運命は、彼を「わたしの勇者様」と慕うエルフの「聖女」アイリスとの出会いによって大きく動き出す!! これは、追放する側の偽物の勇者による、知られざる影の救世譚。